Der Henker von Nördlingen

Günter Schäfer

Der Inhalt dieses Buches ist in allen Teilen urheberrechtlich geschützt. Jede Verwertung außerhalb des Urheberrechtgesetzes ist ohne ausdrückliche Genehmigung des Autors unzulässig und strafbar. Dies gilt sowohl für Vervielfältigungen, Übersetzungen, Verfilmungen, sowie für die Speicherung und Verarbeitung in elektronischen Systemen.

Alle Rechte vorbehalten.

© 2015

Herstellung und Verlag: Books on Demand GmbH, Norderstedt

ISBN: 9783738650006

Vorwort des Autors

Der neue Fall des Augsburger Ermittlerteams. Wie immer eine rein fiktive Story, gespickt mit reellen Bezügen zu Örtlichkeiten aus der Riesmetropole Nördlingen.

Ich möchte hiermit ausdrücklich darauf hinweisen, dass die gesamte Handlung dieser Geschichte mit allen darin vorkommenden Personen ausnahmslos meiner Fantasie entsprungen und somit frei erfunden ist.

Jede Übereinstimmung mit Abhandlungen bzw. lebenden oder verstorbenen Personen wäre rein zufällig und nicht beabsichtigt.

1. Kapitel

Mehr als fünf Jahre lag es nun schon zurück, dass Christine Akebe nach dem tragischen Tod ihres Mannes auch ihren Sohn verloren hatte.

Man sagt zwar immer, die Zeit heile alle Wunden, jedoch musste sie feststellen, dass es sich in ihrem Fall um sehr tiefe Wunden handelte.

Die Bilder über das furchtbare Geschehen wollten einfach nicht verblassen.

Schweren Herzens erinnerte sie sich immer wieder daran, wie es dazu kommen konnte, dass sie ihren eigenen Sohn verraten hatte.

Damals kämpften zwei Seelen in ihrer Brust.

Die eine stand für ihr Gerechtigkeitsempfinden, die andere für die Familientradition ihres Sohnes, ihres verstorbenen Mannes und dessen Angehörigen in Afrika.

Nachdem Michael Akebe durch Zufall herausgefunden hatte, dass der Tod seines Vaters Abedi keineswegs ein tragischer Unfall war, besann er sich auf die alten Zeremonien seiner Vorfahren.

Er machte sich die schwarzmagischen Rituale des Voodoo zu eigen und verschuldete so den Tod mehrerer Menschen.

Christine ahnte damals schon geraume Zeit, dass Michaels Leben aus den Fugen geraten war.

Sie wollte es jedoch erst wahrhaben, als es schon zu spät war.

Letztendlich siegte der Sinn für Gerechtigkeit in

ihr. So stellte sie schließlich das Recht auf Leben über das von Rachsucht verblendete Handeln ihres Sohnes.

Als sie festgestellt hatte, dass Michael wieder dabei war, sich mit Hilfe der schwarzmagischen Voodoo-Rituale ein weiteres Mal zum Herrn über Leben und Tod zu machen, verständigte sie die damals ermittelnden Beamten der Augsburger Kriminalpolizei.

Christine selbst kam auf Grund ihres langen Zögerns wegen Mitwisserschaft vor Gericht.

Nachdem jedoch die ganzen Umstände über die Vorgeschichte aufgeklärt waren, erhielt sie ein relativ mildes Urteil mit einer Bewährungsstrafe.

Im Kreise der Familie ihres verstorbenen Mannes stieß das Handeln von Christine Akebe zwar durchaus auf Verständnis, doch rief der Verrat des eigenen Kindes, der sogar dessen Tod zur Folge hatte, bei einigen Familienmitgliedern ihres Mannes auch Unmut hervor.

Christine hatte seit mehr als zwei Jahren keinen Kontakt mehr zu den Verwandten in Afrika.

Sie versuchte so gut als möglich, sich in das Alltagsleben in Nördlingen zu integrieren.

Lange hatte sie mit sich gekämpft, um sich nicht nur in der Öffentlichkeit, sondern auch in ihrem Inneren von den Taten ihres Sohnes zu distanzieren.

Sie engagierte sich für wohltätige Zwecke und erreichte, dass sie bei den Mitmenschen der Stadt wieder akzeptiert wurde.

Kürzlich erst konnte sie sich dazu entschließen, den Dachboden wieder zu betreten.

Diesen Ort, an den sie damals die beiden Augsburger Kripobeamten geführt hatte, damit sie gemeinsam dem unheilvollen Treiben ihres Sohnes ein Ende bereiten konnten.

Als sie die Stufen nach oben ging, durchzog ein Schaudern den Körper von Christine Akebe.

Für einen kleinen Moment hielt sie inne, bevor sie mit einem kurzen Druck die Klinke nach unten drückte und die Türe öffnete.

Beim Eintreten durchzogen wirre Gedanken ihren Kopf.

Was würde sie dort drin erwarten?

War die unheilvolle Aura noch vorhanden, die alle Beteiligten zu jener Zeit in ihren Bann gezogen hatte?

Christine schloss für einen Moment die Augen, versuchte irgendetwas wahrzunehmen.

Doch abgesehen von den Alltagsgeräuschen, die von der Innenstadt herauf drangen, war da nichts außer Stille.

Christine Akebe öffnete die Augen und atmete erleichtert aus.

Die von dichten Spinnennetzen verhangenen Dachfenster dimmten die hereinfallenden Sonnenstrahlen wie ein grauer Vorhang.

Es dauerte einige Sekunden, bis sich ihre Augen an das dämmrige Licht gewöhnt hatten.

Rechts von ihr stand neben einem alten Schrank ein Besen, den sich Christine nun griff.

Es ist langsam an der Zeit, die Zeichen der dunklen Vergangenheit zu beseitigen dachte sich die Frau und ging auf die beiden Dachfenster zu.

Entschlossen zerstörte sie die bizarren Gebilde der kleinen Dachbewohner, von denen sich einige in den Ecken der Fenster aufhielten.

Feiner Staub wirbelte vor den Augen Christine Akebes umher.

Das nun eindringende Tageslicht reichte noch immer nicht aus, alles in der hinteren Ecke des Dachbodens zu erkennen.

Christine überlegte kurz, schüttelte anschließend den Kopf.

„Du wirst alt", murmelte sie leise vor sich hin, als sie die wenigen Schritte zurück zur Türe ging und den dort an der Seite befindlichen Lichtschalter drückte.

Augenblicklich erhellte sich das einst dunkle Reich ihres Sohnes Michael.

Christine Akebe stellte den Besen an seinen Platz zurück und sah sich um.

Ein kurzes Zittern durchfuhr ihren hageren Körper, als sie die Utensilien auf dem kleinen Tisch entdeckte, die Michael einst für seine dunklen Taten verwendete.

Die Beamten der Augsburger Mordkommission hatten damals darauf verzichtet, all diese Dinge einzusammeln.

Alle waren froh, dass das unselige Treiben des Doktor Michael Akebe ein Ende gefunden hatte.

Sein Tod brachte wieder Ruhe in den Nördlinger Alltag.

Seine Mutter Christine jedoch fand immer noch keinen Frieden.

Zuviel erinnerte an das für sie unbegreifliche

Leid, das ihr eigener Sohn damals in dieser Stadt verbreitet hatte.

Deshalb hatte sie nun auch den Entschluss gefasst, sich wenigstens von den materiellen Erinnerungen zu trennen.

Sie stellte alles auf dem Tisch zusammen, um sie zu entsorgen.

Dabei sah sie sich nach einem passenden Behälter um, konnte im ersten Moment jedoch nichts entdecken.

Ihr Blick fiel auf die alte Truhe in der hinteren Ecke des Raumes.

In ihr hatte Michael all das aufbewahrt, das ihn mit seiner Heimat verbunden hatte.

Dinge, die er von seinem Großvater und seinem Vater bekommen hatte.

Christine Akebe kaute nervös auf ihrer Unterlippe, als sie langsam den Deckel öffnete und sich den Inhalt der Truhe betrachtete.

Fetische, Talismane, sowie verschiedene kleine, handgefertigte Kleidungsstücke.

Sollte sie diese Dinge wirklich so einfach in den Müll werfen?

Nach einem erneuten, kurzen Zögern stand ihr Entschluss jedoch fest. Sie würde sonst niemals Ruhe finden.

Bei jedem Betreten des Dachbodens kämen die Erinnerungen wieder hoch.

Entschlossen griff sie in die Kiste hinein, nahm Stück für Stück daraus hervor, ohne es länger zu betrachten, und legte es neben sich auf dem staubigen Boden ab.

Die Truhe war das Einzige, das sie behalten würde, denn sie stammte nicht aus Michaels Heimat.

Christine würde anderweitig Verwendung dafür finden.

Das letzte Teil, welches sie auf dem schon etwas verstaubten Boden der Kiste fand, war eine alte Waffe.

Es handelte sich um ein Kurzschwert. Christine nahm es vorsichtig heraus und betrachtete sich den mit Schnitzereien verzierten Holzgriff.

Auch auf der einschneidigen, leicht nach oben gebogenen Klinge entdeckte sie diverse Gravuren, denen sie jedoch keine Bedeutung zuweisen konnte.

Dennoch wusste sie, um welche Waffe es sich hierbei handelte.

Das Stammesschwert der Yoruba, dachte sie bei sich. Christine Akebe erinnerte sich noch genau an den Tag, als Michael das Schwert von seinem Vater überreicht bekam.

„Ich habe es von deinem Großvater bekommen. Nun soll es Dir gehören, denn es wird stets an den ältesten Sohn der Familie weiter gegeben.

Halte es in Ehren, denn eines Tages wird es deinem Sohn gehören.

So will es die Tradition unseres Stammes, die nicht unterbrochen werden darf, auch wenn wir nicht mehr in Afrika leben."

Michael nahm das Schwert damals aus den Händen seines Vaters wie ein Heiligtum entgegen.

Sie erinnerte sich genau daran, dass er es immer wieder einmal hervor holte, es lange und andächtig betrachtete.

Christine fuhr mit den Fingern vorsichtig über die Schneide.

Nach all den Jahren hatten sich zwar leichte Korrosionsflecken auf der Klinge gebildet, die jedoch nichts von ihrer Schärfe verloren zu haben schien.

Christine Akebe überlegte.

Michael konnte das Schwert seiner Vorfahren nicht mehr weiter vererben.

Würde sie es vernichten, einfach in den Müll werfen, so wäre diese Stammestradition wohl für alle Zeiten beendet.

Nicht Michaels wegen, sondern auch ihrem geliebten Mann Abedi und seinen Vorfahren zu Ehren entschloss sie sich dazu, das Yoruba-Schwert an einen geeigneten Platz zu geben.

Welcher Ort dies sein sollte, darüber musste sie nicht lange nachdenken.

Christine war sich schon seit längerem darüber im Klaren, dass die Geschehnisse von damals eines der dunkleren Kapitel in der Geschichte der Stadt Nördlingen einnehmen würden.

Dass das Böse allgegenwärtig sein kann, daran sollten spezielle Stücke aus dem Besitz ihres Sohnes zur Erinnerung und Abschreckung dienen.

Sie hatte in den vergangenen Tagen Kontakt zu den Verantwortlichen der Stadtverwaltung aufgenommen, um ihnen dies vorzutragen.

Zu keiner Stunde verlor sie einen Gedanken daran, dass diese schrecklichen Ereignisse sie irgendwann noch einmal einholen würden.

2. Kapitel

Oboshie Keita ließ sich erschöpft in den alten Sessel ihres kleinen Wohnzimmers sinken und legte die Medikamentenpackung auf den Tisch.

Nach der Rückkehr mit dem Taxi aus der Women's Health Clinic in Wagga Wagga an diesem Vormittag schienen ihre letzten Kraftreserven zu Ende zu gehen.

Die Diagnose der Kollegen auf der onkologischen Station bestätigte ihr, dass ihr nun mittlerweile vierundsechzig Jahre dauerndes Leben wohl bald zu Ende sein würde.

Ausgerechnet ihren Körper hat sich diese verfluchte Krankheit ausgesucht.

Sie, die sie sich ein Leben lang für die Kranken eingesetzt hatte.

Trotz der vorherrschenden Temperaturen dieses Spätsommers spürte die Frau, wie ihr immer wieder kleine Kälteschauer über den Rücken liefen.

Warum jetzt schon?

Teils erschüttert, teils ungläubig fragte sie sich dies immer wieder und horchte dabei in die Stille der Mittagsruhe, hoffend, dass ihr irgendjemand eine Antwort darauf geben würde.

Doch nichts geschah.

Weder tröstende noch erklärende Worte erreichten ihre leicht benebelten Sinne.

Die letzte Dosis der Schmerzmedikamente, deren Wirkung sich nun mehr und mehr entfaltete, schien nicht nur ihren Körper, sondern auch ihren Geist wie in Watte zu packen.

Innerhalb weniger Augenblicke spürte Oboshie die aufkommende Müdigkeit, die unaufhaltsam Besitz von ihr ergriff.

Schlafen dachte sie sich. *Einfach einschlafen und nicht mehr aufwachen.*

Was blieb ihr denn noch von der restlichen Zeit, die ihr die Ärzte gegeben hatten?

Bettlägerigkeit? Schmerzen? Siechtum?

Sollte so das Ende aussehen, das sie sich doch so ganz anders vorgestellt hatte?

Sicher, die hochdosierten Medikamente machten ihr die Situation erträglich.

Noch!

Doch was würde in drei oder vier Monaten sein? Vielleicht waren es ja auch nur ein paar Wochen.

Wer konnte schon vorhersagen, wie sich diese verfluchte Krankheit entwickeln würde?

Oboshie fühlte sich wie auf Wolken gebettet, versank nun in einem Meer aus Wärme und Geborgenheit.

Kein Lärm, kein Sturm, ja nicht einmal ein Erdbeben hätte in diesen Sekunden ihr Eintauchen in die Traumwelt verhindern können.

Eine angenehme Schwere durchzog ihre Glieder, ließ ihren Kopf zur Seite rutschen, wobei sie ruhig atmend im Sessel versank.

*

Bilder aus der Vergangenheit zogen herauf und sie sah sich als junge Frau im weißen Kittel am Bett eines Mannes stehen.

In seinen Augen erkannte sie, dass er sich den tragischen Folgen seines Schicksals bewusst war.

Als Krankenschwester auf der Unfallstation einer Klinik in Lomé hatte sie oft mit Menschen zu tun, denen keiner mehr Hoffnung geben konnte.

Nur das Leid mindern, die Schmerzen erträglich halten und die Patienten bis zum unausweichlichen Ende begleiten.

Dies war die Aufgabe, die sie gemeinsam mit anderen als Aufgabe sah.

Ein anderes Gesicht erschien in Oboshies nebelverhangen Träumen.

Doktor Abedi Akebe, der leitende Arzt der Unfallstation.

Nur wenig älter als sie selbst, kam er vor einem Jahr aus Deutschland zurück in seine Heimat, um hier mit seinem erworbenen Wissen zu helfen.

Oboshie bewunderte diesen Mann für sein Engagement im Umgang mit den Patienten.

Moderne Behandlungsmaßnahmen aus Europa hatte er sich zu Eigen gemacht, was vielen hier im Krankenhaus Erleichterung brachte.

Natürlich war man zunächst auch skeptisch gegenüber den modernen Wissenschaften, ließ sich durch deren Erfolge jedoch mehr und mehr überzeugen.

Abedi Akebe war nicht nur klug und erfolgreich als Arzt, nein, er war als gutaussehender Mann auch ein begehrtes Flirtobjekt bei allen weiblichen Angestellten der Klinik.

Auch Oboshie konnte es sich nicht verkneifen, ihm hin und wieder begehrende und vielversprechende Blicke zuzuwerfen.

Dass sie selbst von dem einen oder anderen Kollegen öfter mit einer Einladung bedacht wurde, blieb auch Doktor Akebe nicht verborgen.

So stand er eines Tages im Stationszimmer, um sie, voll des Lobes für ihre Arbeit, zum Abendessen einzuladen.

Natürlich ließ sich die junge Frau diese Gelegenheit, Abedi Akebe auch privat näher kennenzulernen, nicht entgehen.

Besser als die folgenden Monate hätte sich eine klassische Liebesgeschichte wohl nicht entwickeln können.

Diesem ersten Abendessen folgten weitere Treffen, wobei beide aber stets darauf bedacht waren, Arbeit und Privates zu trennen.

Nach gut einem halben Jahr bemerkte Oboshie, dass sie sich veränderte.

Ihre berufliche Erfahrung als Krankenschwester brachte sie recht schnell auf deren Ursache.

Ein Schwangerschaftstest mit positivem Ergebnis ließ die Freude in ihrem Inneren noch größer darüber werden, scheinbar den richtigen Mann fürs Leben gefunden zu haben.

Es brauchte nun lediglich noch einen passenden Rahmen um Abedi mitzuteilen, dass sie beide in wenigen Monaten Eltern sein würden.

Da sich zu dieser Zeit relativ viele Touristen in Lomé aufhielten, wobei sich der eine oder andere von ihnen auch in ärztliche Behandlung begeben musste, waren die Arbeitstage in der Klinik oft ungeplant lang.

Doch wussten sowohl Oboshie als auch Abedi, dass dies untrennbar mit ihrem gewählten Beruf zusammenhing.

Diesem Umstand allein schrieb sie zu, dass Abedi in den vergangenen Tagen irgendwie abwesend wirkte.

Seine, trotz eines arbeitsreichen Tages ungeteilte, Aufmerksamkeit vermisste sie nun schon seit einigen Abenden.

Doch die Vorfreude auf ihr gemeinsames Kind ließ Oboshie diesen Umstand ertragen.

Als Abedi eines Nachmittags wieder einmal länger auf sich warten ließ, musste Oboshie jedoch erfahren, dass eine klassische Liebesgeschichte auch weniger schöne Momente enthält, ja sogar in einer Tragödie enden konnte.

Sie wollte ihren Liebsten aus der Klinik abholen, musste jedoch erfahren, dass er noch einen Nachsorgetermin wahrnahm.

Seufzend begab sie sich in Abedis Büro, um so lange auf ihn zu warten.

Als sie die Türe öffnete, sah sie sich einer Situation gegenüber, die in ihren Augen nicht der Wirklichkeit entsprechen konnte.

Doktor Abedi Akebe behandelte die scheinbare Fußverletzung seiner Patientin alles andere als nur fachgerecht.

Durch die offen stehende Türe zum Behandlungsraum betrachtete Oboshie mit stummer Verzweiflung die Szene, die sich vor ihren Augen abspielte.

Abedi saß auf seinem Stuhl vor der Behandlungsliege, auf der eine junge Frau Platz genommen hatte.

Ihren Fuß hatte sie über seinen Oberschenkeln liegen und Abedi schien ihn zärtlich zu streicheln.

Dass es sich um eine Frau aus Deutschland handeln musste, schlussfolgerte Oboshie aus der Sprache, in der sich die beiden unterhielten.

Sie kannte diese Sprache nur aus einigen Worten oder Sätzen, die ihr Abedi an manchen Tagen beigebracht hatte.

Worte wie *Liebe* oder *Sehnsucht* verstand sie jedoch sehr wohl.

Aus den Blicken und Gesten der beiden zog sie augenblicklich die für sie einzigen Schlussfolgerungen.

Im Innersten verletzt und traurig verließ sie unbemerkt von Arzt und Patientin das Büro und machte sich auf den Heimweg.

Dort angekommen wollte sie nur noch schlafen, nahm in ihrer Verzweiflung mehrere Schlaftabletten und legte sich ins Bett.

Irgendwann spürte sie, dass eine Hand sie aus ihrem traumlosen Tiefschlaf rüttelte.

*

Oboshie schlug langsam die Augen auf und sah das Gesicht eines Mannes vor sich.

„Abedi?", flüsterte sie verwirrt.

„Nein, Mutter", vernahm sie die Stimme des Mannes, die wie durch einen Nebelschleier zu ihr drang.

„Ich bin es, Baako. Du warst so unruhig in Deinem Schlaf, dass ich schon beinahe Angst bekam."

Besorgt betrachtete der hochgewachsene Mann seine Mutter im Sessel.

„Wie war es in der Klinik? Was haben die Ärzte zu den Ergebnissen der letzten Untersuchungen gesagt?"

Langsam kehrte nun auch der Geist von Oboshie in die Gegenwart zurück.

„Baako, mein Sohn", sprach sie mit leiser Stimme.

„Ich habe Dich gar nicht hereinkommen gehört."

„Das ist ja auch kein Wunder."

Baako Keita sah die auf dem Tisch liegende Medikamentenpackung und deutete mit dem Finger darauf.

„Um diese Dinger würde Dich jeder Junkie auf dieser Welt beneiden."

Sorgenvoll richtete sich sein Blick auf die zusammengekauerte Frau.

„Wenn Dir Dein Doc diesen Hammer verschrieben hat, scheinen sich unsere Befürchtungen wohl bestätigt zu haben."

Er trat an die Seite des Sessels, setzte sich auf die Lehne und zog den in diesem Augenblick so zerbrechlich scheinenden Oberkörper der Frau mit seinen Armen sanft an sich.

„Ja, Baako", antwortete sie mit schwerem Schlucken. „Es bleibt mir wohl nicht mehr allzu viel Zeit."

„Aber Du kriegst scheinbar Alpträume von diesen Dingern", meinte ihr Sohn und deutete wieder auf das Medikament.

„Sie sollten Dir besser etwas anderes verschreiben."

Oboshie betrachtete ihren Sohn lange, bevor sie ihm antwortete.

„Das sind bestimmt nicht die Tabletten, Baako. Die Erinnerungen lassen sich nicht einfach wegschieben. Auch nicht mit Medikamenten."

„Welche Erinnerungen, Mom?", wollte Baako wissen.

Oboshie zögerte zunächst mit einer Antwort, entschloss sich angesichts ihrer Situation doch dazu, mit ihrem Gewissen endlich reinen Tisch zu machen.

„Du wirst mir böse sein, Baako. Du wirst mich vielleicht sogar verfluchen, für das, was ich Dir nun sagen werde.

Aber ich sehe ein, dass es sein muss, und bin auch bereit, die Konsequenzen dafür zu tragen.

Viel schlimmer als in meiner jetzigen Situation kann es für mich sowieso nicht kommen."

3. Kapitel

Martina Karrer stand mit ihrer Mutter an der Fußgängerampel der Baldinger Straße und wartete darauf, dass sie mit der im Rollstuhl sitzenden Frau die Vordere Gerbergasse überqueren konnte.

Nach einem langen Spaziergang war es Zeit, mit ihr ins Nördlinger Pflegezentrum Bürgerheim zurückzukehren.

Die langsam untergehende Sonne warf an diesem Frühlingstag mit ihren letzten Strahlen lange Schatten in die Stadt.

Während die ersten Fahrzeuge nun in die Kreuzung in Richtung Baldinger Tor einbogen, bemerkte Martina, dass ein Zittern durch den Körper der gebrechlich wirkenden Frau ging.

Sie befand sich seit ihrem leichten Schlaganfall vor drei Monaten zwar wieder auf dem Weg der Besserung, jedoch bereiteten ihr die Folgen daraus verständlicherweise wohl noch für längere Zeit Probleme.

Da sie mit ihrer Mutter allein in einer kleinen Wohnung am Stadtrand von Nördlingen lebte, war eine Pflegeeinrichtung für die beiden Frauen die einzig sinnvolle Alternative.

Beruflich war Martina Karrer im Nördlinger Stadtmuseum beschäftigt. Aus diesem Grund bedurfte es für sie bei der Wahl eines passenden Heimes keiner langen Überlegung.

Das Nördlinger Bürgerheim und das Stadtmuseum grenzen direkt aneinander.

So konnte Martina im Bedarfsfall ihre Mutter auch innerhalb der Arbeitszeit kurzfristig besuchen.

Ich hoffe nur, dass du wieder einigermaßen auf die Beine kommst, dachte sie sich, während sie mit dem Rollstuhl etwas von der Straßenkante zurückging und anschließend die Feststellbremse betätigte.

„Trotz der Sonne noch ganz schön kalt", meinte sie zu ihrer Mutter, indem sie nun vor ihr stehend die wärmende Decke liebevoll über deren Körper zurechtzog.

Sie bekam zwar keine Antwort, da ihrer Mutter das Sprechen immer noch schwerfiel, doch ein dankbares Lächeln aus den Augen der alten Dame bestätigte ihr diesen Satz.

Als Martina die nun etwas leiser werdenden Fahrgeräusche ausmachte, drehte sie den Kopf zur Seite und sah, dass die nächsten Autos wartend vor der Lichtanlage angehalten hatten.

Sie löste die Bremse des Rollstuhls und überquerte mit ihrer Mutter die Straße.

Kurz darauf hatten sie das Gebäude des Seniorenheims erreicht und Martina Karrer meldete sich mit ihrer Mutter bei den Pflegekräften zurück.

„Pünktlich zurück", sagte die Pflegedienstleitung zu Martinas Mutter, indem sie mit einem Lächeln die beiden Hände der alten Dame in ihre eigenen nahm.

„Wir werden Ihnen jetzt erst einmal helfen sich etwas frisch zu machen und dann gibt's auch schon bald Abendessen."

Sie deutete einer Kollegin an, die Bewohnerin in ihr Zimmer zu bringen.

„Der Spaziergang scheint Ihrer Mutter richtig gut getan zu haben", sprach sie zu Martina.

„Ja", gab diese zur Antwort. „Sie glauben gar nicht, wie froh ich darüber bin, dass sie bei Ihnen hier einen Platz bekommen hat.

So kann ich mich nun in Ruhe um meine Arbeit kümmern. Ich muss drüben noch einige Unterlagen vorbereiten.

Herr Lauer, der Leiter der Tourist-Info kommt nachher noch vorbei, um einige Details für die zukünftige Ausrichtung des Museums zu besprechen."

„Klingt interessant", sagte Andrea, ohne es wirklich so zu meinen.

Was die Vergangenheit Nördlingens betraf, ging ihr Interesse nicht wirklich über das Standardwissen hinaus.

„Na, dann wünsche ich Ihnen noch viel Spaß und einen kurzweiligen Abend."

Mit diesen Worten verabschiedete sie sich von Martina Karrer, ohne zu ahnen, dass sie die Frau an diesem Spätnachmittag zum letzten Mal lebend sehen würde.

*

Mit einem Seufzer blickte Andrea Kahling auf die dreieckige Wanduhr gegenüber ihrem Schreibtisch, ließ sich in ihrem Stuhl zurückfallen und rieb sich die leicht geröteten Augen.

Seit drei Tagen saß sie nun schon überwiegend

an ihrem PC, um die Dokumentationsunterlagen auf ihre Aktualität zu überprüfen.

Im Großen und Ganzen war sie mit dem Ergebnis zufrieden. Einige Kleinigkeiten würde sie morgen noch mit den zuständigen Bereichsleitungen abklären.

Schluss für heute - ein Privatleben gibt's schließlich auch noch.

Nachdem sie sich am PC abgemeldet hatte, fuhr sie ihn herunter und schaltete den Bildschirm aus.

Während Andrea sich ihre warme Daunenjacke überzog, ging ihr Blick noch einmal über den Schreibtisch.

Zufrieden mit dem Ergebnis griff sie sich ihre Tasche und ging aus dem Büro.

Bevor sie das Haus ganz verließ, verabschiedete sich auf dem Weg nach draußen noch kurz von einer Kollegin.

Vor der Eingangstüre streifte sie ein kalter Windhauch und sie zog sich den Kragen ihrer Jacke etwas nach oben.

Nachdem sie die letzte Stufe der Eingangstreppe hinter sich gelassen hatte, fiel Andrea Kahlings Blick auf die erleuchteten Fenster des, dem Heim gegenüberliegenden Stadtmuseums.

In diesem Moment dachte sie wieder daran, dass die Tochter von Frau Karrer an diesem Abend ebenfalls noch länger zu tun hatte.

Um diese Uhrzeit in einem historischen Gemäuer wär nicht mein Ding, ging der Pflegedienstleiterin durch den Kopf.

Ein leichtes Frösteln durchzog sie, was in diesem

Moment aber nicht nur auf den kalten Frühlingsabend zurückzuführen war.

4. Kapitel

Als Andrea Kahling am darauffolgenden Morgen kurz nach sieben Uhr mit ihrem Fahrrad in Richtung Ampelkreuzung der Baldinger Straße fuhr, vernahm sie bereits den Lärm eines Martinshorns.

Kurz darauf bog ein Rettungswagen mit eingeschaltetem Blaulicht aus der Vorderen Gerbergasse um die Kurve.

Andrea dachte sich in diesem Moment noch nichts Besonderes, bis sie wenige Augenblicke später das Nördlinger Bürgerheim betrat.

Eine Kollegin des Frühdienstes kam ihr entgegen und an ihrer Seite erkannte sie Doktor Sterner, den Hausarzt verschiedener Bewohnerinnen und Bewohner des Pflegeheimes.

„Guten Morgen Frau Kahling", begrüßte er die Pflegedienstleitung freundlich, aber mit etwas besorgtem Blick.

„Ich habe die Einweisung von Frau Karrer ins Krankenhaus angeordnet", meinte er, als er Andrea die entsprechenden Papiere übergab.

„Frau Karrer?", gab Andrea etwas außer Atem fragend an die Kollegin zurück.

„Die war doch gestern Nachmittag noch mit ihrer Tochter unterwegs und kam relativ gut gelaunt zurück."

Die angesprochene Pflegerin hob nur etwas ratlos die Schultern, wobei sie meinte:

„Als ich heute Morgen in ihr Zimmer kam und sie zum Frühstück holen wollte, fand ich sie nur noch schwach atmend in ihrem Bett vor.

Sabine war während des Nachtdienstes zweimal in ihrem Zimmer, hat jedoch nichts Auffälliges bemerkt.

Auch in der Doku vom Spätdienst ist nichts Ungewöhnliches eingetragen."

Andreas Blick ging zu Doktor Sterner.

„Ich vermute, dass Frau Karrer einen weiteren Schlaganfall erlitten hat.

Genaues kann ich Ihnen aber erst sagen, wenn die Kollegen im Stift ihre Untersuchungen abgeschlossen haben."

Der Arzt sah auf seine Armbanduhr.

„Ich muss leider in die Praxis. Wenn ich Näheres aus dem Krankenhaus erfahre, werde ich Sie gleich verständigen."

Er reichte den beiden Frauen die Hand und verabschiedete sich von ihnen.

Andrea Kahling holte ihren Schlüsselbund aus der Handtasche und machte sich, gefolgt von ihrer Kollegin, auf den Weg in ihr Büro.

Nachdem sie ihre Tasche neben dem Schreibtisch abgestellt und ihre Jacke ausgezogen hatte, meinte sie:

„Ich werde die Tochter von Frau Karrer anrufen, um sie über den Verdacht von Doktor Sterner zu informieren."

„Das habe ich vorhin schon versucht", gab die Pflegerin zur Antwort. „Allerdings ging niemand ans Telefon."

Andrea Kahling dachte kurz nach.

„Sie hatte wohl gestern noch länger im Museum zu tun", sagte sie.

„Als ich Feierabend gemacht habe, brannte drüben noch immer das Licht.

Am Dienstag öffnen sie ja die diesjährige Ausstellung."

Die Pflegedienstleiterin griff sich ihre Jacke, die sie eben erst abgelegt hatte.

„Möglicherweise ist sie ja schon wieder in ihrem Büro. Ich werde einfach mal rübergehen und nachschauen."

Als sie Minuten später vor dem Eingang zum Nördlinger Stadtmuseum stand, erkannte sie den Lichtschein im Inneren des Gebäudes.

Sie öffnete die Tür und trat in den Vorraum des Museums ein.

Der Informationsstand, an dem die Besucher auch die Eintrittskarten erwerben konnten, war für die kommende Woche schon vorbereitet.

Ebenso die an der rechten Seite aufgestellten Tische und Stühle der integrierten kleinen Café-Ecke.

Dies nahm Andrea Kahling nebenbei wahr, als sie auf die nächste Türe zuging, die in die große Halle des Erdgeschosses führte.

Für einen kurzen Moment betrachtete sie die großen Bilder, die an den hohen Wänden zu sehen waren.

Beeindruckt von der Anzahl der Gemälde verharrte Andrea Kahling für einige Augenblicke, bis ihr schließlich wieder der eigentliche Grund ihrer Anwesenheit hier in den Sinn kam.

Dass sich das Büro von Frau Karrers Tochter im ersten Stock befand, wusste Andrea von deren Erzählungen.

Ihre Schritte hallten durch den hohen Raum, als sie an einer Glasvitrine, die sich fast mitten in der Halle befand, vorbei zu den Treppen ging.

Nachdem sie die ersten Stufen, die von Stein nun in Holz übergingen, hinter sich gelassen hatte, rief sie nach Martina Karrer.

Sie lauschte kurz nach einer Antwort, hörte jedoch nichts.

Als sie das Büro erreicht hatte, fand sie dieses leer. Nur das Licht an der Decke brannte.

Dem Durcheinander in der hinteren Ecke des Raumes, in der eine alte Holztruhe stand, wies sie keine größere Bedeutung bei.

Wieder rief sie den Namen von Martina Karrer, doch auch diesmal blieb ihr Rufen scheinbar ungehört.

Seltsam dachte sich Andrea Kahling, war sich jedoch sicher, dass sich jemand in dem Gebäude befinden musste.

Sie bewegte sich in Richtung der Ausstellungsräume, um nach der Tochter ihrer Heimbewohnerin zu suchen.

Sicherlich war sie irgendwo dabei, den Vorbereitungen noch den letzten Schliff zu geben.

Auf der ersten Etage entdeckte Andrea viele Details zum Thema des Dreißigjährigen Krieges.

Nachdem von Martina Karrer auch hier keine Spur zu finden war, stieg Andrea Kahling die Stufen zum zweiten Obergeschoss empor.

Durch eine Glastür betrat sie die Ausstellungsräume, wobei sie sogleich ein unangenehmes Gefühl in ihrer Magengegend bemerkbar machte.

Sie konnte dies zuerst nicht so recht zuordnen und begann mit schnellen Schritten die Räume der zweiten Etage zu durchstreifen.

Mit einigen kurzen Blicken auf die sich hier an den Wänden angebrachten Schrifttafeln war herauszulesen, dass sich hier Erinnerungen und Aufzeichnungen zum Thema Gewerbe und Handel befanden.

Auch hier konnte Andrea Kahling weder Hinweise noch Geräusche ausmachen, welche auf die Anwesenheit von Martina Karrer hindeuten könnten.

Nur dieser seltsame Geruch lag nach wie vor in der Luft.

Auch die Tatsache, dass es sich um ein vielleicht ausgefallenes Parfüm handeln könnte, hatte Andrea Kahling in Betracht gezogen.

Doch sie verwarf den Gedanken sogleich wieder. Keine Frau, die etwas auf sich hält, würde sich so etwas auf die Haut sprühen.

Die nächsten Informationstafeln deuteten auf die Themen Recht und Gesetz sowie die damalige Rechtsprechung und Bestrafung hin.

Vielleicht eine ausgefallene Idee der Museumsleitung, um den Geruchssinn der Besucher auf die nächsten Räume einzustimmen?

In manchen Museen roch es je nach Alter und Bausubstanz des Gebäudes etwas muffig oder modrig.

Was die Sinne Andrea Kahlings hier wahrnahmen, hatte jedoch nichts mit Altertum zu tun.

Sie konnte keinen rechten Bezug finden.

Einmal mehr beschlich sie ein Gefühl von Unheil, das sich kurz darauf schon bewahrheiten sollte.

Dies allerdings in einer Art und Weise, wie es sich die Pflegedienstleitung nicht einmal in den schrecklichsten Alpträumen ausgemalt hätte.

Schon als sie den Durchgang zu den nächsten Räumlichkeiten erreicht hatte, erkannte sie mit Entsetzen, dass sich ihre Vorahnung hinsichtlich des „metallischen" Duftes bewahrheiten sollte.

In der Luft lag der Geruch von

B l u t!

Andrea Kahlings Gedanken überschlugen sich. Sie wandte sich im ersten Moment erschrocken ab, musste sich regelrecht dazu zwingen, ein weiteres Mal hinzusehen.

Der Fußboden hinter dem Durchgang ins nächste Zimmer der Ausstellung war von Blutspritzern übersät.

Wie in Trance durchschritt die Frau die Türöffnung, immer darauf bedacht, ihren Blick gesenkt zu halten, um dieses bizarre Farbmuster am Boden nicht zu betreten.

Sie orientierte sich nach links zur Mitte des Raumes hin.

Als sie ihren Kopf hob, erkannte sie den Durchgang, der aus dem kleinen Saal wieder hinausführte.

Zunächst wollte sie der inneren Versuchung ihres

gesunden Menschenverstandes nachgeben und die Treppen, die sie vor wenigen Minuten heraufgekommen war wieder hinunterspringen und das Museum auf schnellstem Wege wieder verlassen.

Doch irgendetwas hielt sie fest, ließ sie wie gefesselt an Ort und Stelle verharren.

Alles innere Sträuben war wirkungslos. Wie ferngesteuert begann sie, sich langsam umzudrehen.

Der Körper der jungen Frau bebte vor innerer Anspannung.

Sie zwang sich dazu, ihren Kopf erhoben zu halten, obwohl sie genau wusste, was dort vor ihr auf dem Fußboden zu sehen war.

Ihr Blick erreichte das erste Fenster, dann das Zweite. Das Morgenlicht strahlte herein.

Das wird ein sonniger Tag, versuchte sich Andrea Kahling in diesem Moment abzulenken.

Doch in der gleichen Sekunde wurde ihr die Banalität dieses Gedankens klar, als sie aus den Augenwinkeln mit der schrecklichen Gegenwart konfrontiert wurde.

Auf einem in Blut getränkten, ehemals weißen Podest, das in der Ecke des Raumes aufgestellt war, lag in verrenkter Haltung der Körper einer Frau.

Dass es sich dabei um Martina Karrer handelte, wurde Andrea sogleich durch eine Tatsache bewusst, die ihr das eigene Blut regelrecht in den Adern gefrieren ließ.

Der vom Rumpf getrennte Kopf starrte sie aus zu Tode erschrockenen Augen an.

Wie gelähmt betrachtete die Frau ihre grausame Entdeckung, bevor sich ein sekundenlanger Entsetzensschrei von ihren Lippen löste.

Nur die Gnade der Ohnmacht bewahrte sie in diesem Augenblick davor, wahnsinnig zu werden.

5. Kapitel

Kurz nach dem Schichtwechsel herrschte am frühen Morgen in der Nördlinger Polizeiinspektion schon etwas Aufregung.

Die Türglocke ging und der diensthabende Beamte drückte auf den Öffner, nachdem er durch die Sprechanlage vernommen hatte, dass es wohl noch etwas Arbeit gab.

Er verließ das Büro und eilte in Richtung der Glastür, die den Haupteingang von den Innenräumen trennte.

Zwei Männer hatten den Vorraum betreten, wobei der eine von ihnen eher noch im jugendlichen Alter schien.

Der andere wurde von dem Beamten auf etwa vierzig bis fünfundvierzig Jahre geschätzt und war von hochgewachsener, durchtrainierter Statur.

Auffallend an der Situation war die Tatsache, dass er den Jugendlichen scheinbar im Polizeigriff vor sich hereingeführt hatte.

„Nun lassen sie den jungen Mann mal los, bevor sie ihm den Arm brechen", herrschte Polizeiobermeister Peter Wagner den Älteren an.

Da er diesen Satz ziemlich laut gesprochen hatte, erschien aus dem Büro nebenan Sekunden später ein Kollege auf dem Gang.

„Gibt's Probleme, Peter?", wurde Wagner gefragt.

„Werden wir gleich sehen", antwortete der Gefragte und wandte sich wieder an die beiden vor ihm stehenden Männer.

Er betrachtete den offensichtlich alkoholisierten Jugendlichen, der sich nun mit schmerzverzerrtem Gesicht vorsichtig seine Schulter massierte.

„Sie folgen meinem Kollegen jetzt erst einmal in den Vernehmungsraum", wies er den jungen Mann an.

„Und Sie kommen bitte mit mir", gab er dem Anderen zu verstehen.

Peter Wagner drehte sich etwas zur Seite und deutete mit ausgestreckter Hand auf die Bürotür, aus der sein Kollege eben herausgekommen war.

„Also: Was ist passiert?", fragte er den Mann, der zwischenzeitlich auf einem Stuhl ihm gegenüber Platz genommen hatte.

Sein Gegenüber betrachtete Peter Wagner mit gelassenem Gesichtsausdruck.

Er fuhr mit seiner rechten Hand kurz über seinen Dreitagebart und griff anschließend in die Innentasche seines Sakkos.

„Androhung einer Straftat unter Alkoholeinfluss", bekam der Polizeibeamte zu hören.

„Ich hau Dir auf die Fresse, wenn Du die Kohle nicht raus gibst, erfüllt den Tatbestand der Nötigung."

Peter Wagner horchte auf.

Ein Paragraphenreiter dachte er sich. *Das kann ja heiter werden.*

„Ich möchte, dass Sie die Personalien des jungen Mannes feststellen und die in diesem Fall üblichen Maßnahmen einleiten", gab ihm der gegenübersitzende Mann zu verstehen, der ihm nun einen Polizeidienstausweis vorlegte.

Der Nördlinger Polizeiobermeister zögerte kurz.

„Sie sind ein Kollege?", fragte er etwas irritiert, als er nach dem vor ihm liegenden Ausweis griff und sich diesen betrachtete.

„Hauptkommissar Klaus Fessberg. Seit heute Tourist in Nördlingen", stellte sich der Mann vor, während er sich erhob und Peter Wagner die Hand reichte.

Dieser erhob sich nun ebenfalls von seinem Platz und nahm den ihm gereichten Handschlag entgegen.

„Polizeiobermeister Peter Wagner", entgegnete er sogleich.

„Herzlich willkommen in Nördlingen, Herr Hauptkommissar. Tut mir leid, dass Sie gleich zu Beginn Ihres Urlaubs mit den weniger schönen Seiten unserer Stadt Bekanntschaft machen müssen."

„Fessberg genügt", gab der Angesprochene zu verstehen.

„Und glauben Sie mir, Herr Wagner: Kleinigkeiten wie betrunkene Halbstarke gehören in Hamburg zu den noch angenehmeren Anlässen eines Einsatzes."

„Kann ich mir lebhaft vorstellen, Herr Fessberg", antwortete Peter Wagner.

„Wenn Sie mich bitte einen Augenblick entschuldigen würden? Ich informiere nur kurz die Kollegen. Kaffee?"

„Danke, gerne."

Einer der Beamten trat in diesem Moment zu ihnen und überreichte Wagner ein Fax.

„Das kam gestern am späten Nachmittag vom Landratsamt herein", meinte er. „Dem Datum nach zu urteilen, lag es dort wohl schon einige Tage herum."

Peter Wagner nahm das Papier entgegen und las den Text kurz durch.

„Seltsam", dachte er laut. „Weshalb informieren die uns wegen einer solchen Lappalie?"

„Es ist zwar üblich, dass wir von den Behörden Bescheid bekommen, wenn eine Waffe aus unserm Land ausgeführt werden soll, aber hier handelt es sich um keine Schusswaffe, sondern offensichtlich ja um irgendein historisches Teil."

„Und jetzt?", wurde Wagner von seinem jungen Kollegen gefragt.

„Warten wir, bis der Chef da ist. Sollte er es für notwendig erachten, werden wir der Sache näher auf den Grund gehen", gab er zurück und wedelte mit dem Blatt Papier.

„Erkundigen Sie sich doch mal bei dem zuständigen Sachbearbeiter. Irgendeinen Anlass wird es ja geben, dass man uns das hier schickt."

Die drei beieinanderstehenden Beamten wurden durch das Läuten des Telefons unterbrochen.

Peter Wagner ging zum Schreibtisch und erkannte, dass das Gespräch von der Leitzentrale in Augsburg durchgestellt wurde. Er hob den Hörer ab.

„Polizeiinspektion Nördlingen. Wagner", meldete er sich kurz.

Knapp eine Minute hörte er zu, bevor er sagte:

„Wir sind in zwei Minuten da. Sie bleiben bitte vor dem Gebäude und warten auf uns."

„Was ist passiert?", fragte Klaus Fessberg dazwischen.

„Da hat jemand aus dem Gebäude des Stadtmuseums irgendwelche Schreie vernommen. Der Mann klang ziemlich aufgeregt. Wir werden sicherheitshalber mal nachsehen."

Einer der Polizisten holte sich umgehend die Schlüssel zu einem Dienstwagen.

„Stadtmuseum", meinte Fessberg. „Kultur im Einsatz, das hat was für sich. Ich würde Sie gerne begleiten, wenn Sie nichts dagegen haben."

„Vergessen Sie es, Herr Fessberg", sprach Peter Wagner.

„Sie sind zwar Hauptkommissar, allerdings nur als Gast in unserer Stadt.

Außerdem wissen Sie genau, dass dies gegen die Vorschriften wäre."

„Schon gut, Herr Wagner", meinte Klaus Fessberg lächelnd, wobei er entschuldigend die Arme hob.

„Dann mal los, Werner", meinte der Nördlinger Polizeiobermeister lachend zu dem jungen Kollegen an seiner Seite.

„Mal sehen, wer da so früh am Morgen schon Angst und Schrecken verbreitet."

Hätte er in diesem Moment auch nur im Geringsten geahnt was ihn erwartet, das Lachen wäre ihm wohl sprichwörtlich im Halse stecken geblieben.

Augenblicke später verließ der Wagen mit den beiden Männern bereits den Hof der Polizeiinspektion und bog in die Drehergasse ab.

Da der erste Berufsverkehr schon nachgelassen hatte, dauerte es nicht lange, bis sie das Ende der Vorderen Gerbergasse erreicht hatten.

Wenige Meter vor der Ampelkreuzung lenkte der Fahrer den Wagen in die Zufahrt zum Stadtmuseum.

Eine kleine Menschenmenge hatte sich vor dem Gebäude des Stadtmuseums versammelt.

Aufgeregt diskutierend standen sie beisammen und redeten auf einen Mann ein.

Nachdem die beiden Beamten ausgestiegen waren, kam ihnen dieser bereits entgegen.

Es handelte sich um einen etwas korpulenten, älteren Herrn, der schnaufend auf Peter Wagner zukam.

„Gott sei Dank, dass Sie schon da sind", sprach er aufgeregt.

„Ist gar nicht so einfach, die Leute davon abzuhalten, ins Museum rein zu gehen. Die meinen alle, sie müssten sofort zur Hilfe eilen.

Aber ich konnte sie davon überzeugen, dass bei diesem furchtbaren Geschrei bestimmt irgendetwas Schlimmes passiert sein muss.

Das ging einem durch Mark und Bein. Sowas habe ich in meinem Leben noch nicht gehört.

Nicht einmal, als meine Frau bei uns zu Hause die Kellertreppe runter gefallen ist und sich …"

Der Mann atmete einige Male tief ein und aus, schien in seinem Redefluss kaum Luft zu bekommen.

Peter Wagner reagierte routiniert, in dem er den Mann behutsam an seinem Oberarm fasste und etwas zur Seite nahm.

„Schon gut", sagte er. „Nun beruhigen Sie sich erst mal etwas."

Er gab seinem Kollegen sogleich mit einem kurzen Handzeichen zu verstehen, dass er sich um die aufgeregten Personen vor dem Eingang des Stadtmuseums kümmern sollte.

„Gehen Sie bitte wieder zu den andern und warten Sie dort, bis wir zurück sind."

Er zeigte auf seinen Kollegen.

„Wir beide werden inzwischen einmal nachsehen, was da drin los ist."

Nachdem sie das Stadtmuseum betreten hatten, sah sich Wagner zunächst in dem kleinen Vorraum um, konnten allerdings nichts Verdächtiges erkennen.

Er deutete auf die Durchgangstüre zum Inneren des Museums.

„Hier geht's lang", meinte er und hielt seinem Kollegen die Tür offen.

Da die beiden Polizeibeamten auch hier auf den ersten Blick niemanden entdeckten, gingen sie weiter in den hohen Raum hinein.

Wagner sah sich dabei kurz um, bis er schließlich den Aufgang in der hinteren Ecke erblickte.

Immer zwei Stufen auf einmal nehmend stieg er die von Stein in Holz übergehende Treppe von seinem Kollegen gefolgt nach oben.

Mit einem kurzen Blick in den zur linken Seite liegenden Raum erkannte er, dass es sich wohl um ein Verwaltungsbüro handeln musste.

Allerdings hielt sich auch hier niemand auf.

Werner Brand deutete auf den großen Schreibtisch.

Dort befanden sich verschiedene Gegenstände, die wie aneinandergereiht abgelegt waren.

Auch ein Notebook stand aufgeklappt dabei.

„Sieht ganz so aus, als wäre hier jemand bei seiner Arbeit gestört worden."

Wagner drehte sich um, verließ das Büro und blieb auf dem Gang stehen.

Der Durchgang zu den Ausstellungsräumen stand offen.

An der Wand gegenüber erkannte Peter Wagner eine große Tafel, die eine Szene über die Schlacht um Nördlingen zeigte.

„Hallo", rief er. „Jemand da?"

Nachdem einige Sekunden vergangen waren, er jedoch keine Antwort vernahm, deutete er seinem Kollegen an, ihm zu folgen.

Szenen aus dem Dreißigjährigen Krieg waren den Jahren nach angeordnet, an den Wänden zu sehen.

Dazwischen erkannten sie einzelne Glasvitrinen, in denen einige historische Waffen ausgestellt waren.

Nachdem die beiden Beamten die verwinkelten Räume durchlaufen hatten, mussten sie feststellen, dass sich momentan scheinbar niemand im ersten Stock des Museums aufhielt.

Peter Wagner zeigte auf eine weitere Treppe, die nach oben führte.

„Da geht's rauf", meinte er und machte sich auf den Weg ins nächste Obergeschoss.

Rundgang las Peter Wagner den Schriftzug auf der

Glastür, die er nun öffnete.

Werner Brand folgte ihm und deutete auf die aufgestellten Straßenschilder an der Wand gegenüber.

„Nehmen Sie die Egerländer Straße, Herr Kollege", witzelte Peter Wagner und zeigte mit der Hand nach rechts, wo sich eine weitere Glastür befand.

„Ich werde mich mit der Olmützer befassen."

„Geht in Ordnung", gab Brand zurück. „Verlaufen kann man sich ja wohl nicht."

Wagner wandte sich nach links und stand wenige Schritte später neben einem Durchgang, an dessen Seite er eine Tafel mit den Namen verschiedener Politiker aus dem Ries erkannte.

Die ersten beiden Namen sagten ihm nicht viel.

Die drei Nachfolgenden, Anton Jaumann, Helmut Guckert und Georg Schmid allerdings waren ihm nicht nur aus dem politischen Alltag bekannt.

Vor allem Letzteren hatte er bei verschiedenen Veranstaltungen sowohl beruflich als Polizeibeamter, als auch persönlich kennengelernt.

Da sich Peter Wagner für einige Augenblicke intensiv den Text betrachtete, nahm er erst Sekunden später aus den Augenwinkeln etwas wahr, das ihm jedoch unweigerlich den Atem stocken ließ.

Schon beim Betreten der Etage war ihm der seltsame Geruch aufgefallen, den er jedoch dem alten Gemäuer des Museums zuordnete.

Er drehte sich nach rechts, riss ungläubig die Augen auf und dachte zuerst, er würde nur einer genial bizarren Darstellung aus der Vergangenheit Nördlingens gegenüberstehen.

Sekunden? Minuten?

Der Polizeiobermeister konnte im Nachhinein nicht mehr sagen, wie lange er so dagestanden hatte, bis er durch die Stimme seines Kollegen aus den Gedanken gerissen wurde.

„Um Gottes Willen", vernahm er die mit Entsetzen gerufenen Worte Werner Brands.

Wagner hob wie in Trance seinen Kopf in Richtung des gegenüberliegenden Durchgangs, durch den sein junger Kollege soeben den Raum betreten hatte.

Auch dieser stand zunächst wie angewurzelt da, wurde kreidebleich und konnte nicht verhindern, dass sich sein Mageninhalt durch die aufsteigende Übelkeit seinen Weg nach draußen suchte.

Grund dafür war eine in der Ecke kauernde Person, die mit leeren Augen vor sich hinstarrte, wie in Zeitlupe ihre rechte Hand erhob, und mit dem Zeigefinger in die Richtung des nur wenigen Meter vor ihr liegenden Körpers deutete.

Als Peter Wagners Blick ihrem Fingerzeig folgte, musste er ebenfalls mit einer aufsteigenden Übelkeit kämpfen, die er jedoch verdrängen konnte.

Die Frau versuchte etwas zu sagen, doch nur einige undefinierbare Worte kamen über ihre Lippen.

Im nächsten Augenblick wurde sie von Weinkrämpfen geschüttelt und Peter Wagner erkannte, dass hier höchste Eile geboten war.

Für den Polizeibeamten gab es keinen Zweifel, dass die Frau einen massiven Schock erlitten haben musste.

Er versuchte trotz seiner inneren Anspannung

die Frau mit behutsamen Worten zu beruhigen, während er langsam auf sie zuging.

Dabei griff er automatisch nach seinem Telefon und wählte mittels Kurzwahltaste die Nummer seines Vorgesetzten.

6. Kapitel

Gerd Schuhmann, der leitende Polizeihauptkommissar der Nördlinger Dienststelle, erreichte gerade den Innenhof der Polizeiinspektion, als sein Handy klingelte.

Er nahm das Gespräch mit einem kurzen Druck auf die Rufannahmetaste der Freisprechanlage an, um nur Augenblicke später mit Blaulicht und Martinshorn das Gelände wieder zu verlassen.

Zwei Minuten später stand er bereits in der Zufahrt zum Stadtmuseum, gefolgt von einem weiteren Einsatzwagen, aus dem drei Beamte herausstürmten.

Nachdem sich Hauptkommissar Schuhmann einen ersten Überblick im Inneren des Stadtmuseums verschafft hatte, dauerte es nicht allzu lange, bis vom in unmittelbarer Nähe gelegenen Spitalhof die gerufenen Einsatzkräfte der Nördlinger Feuerwehr eintrafen, um die Straße abzusperren.

Lediglich der ebenfalls verständigte Notarzt sowie ein Rettungswagen erhielten noch die Zufahrtsberechtigung.

Die sich inzwischen angesammelte Menschenmenge aus Anwohnern, sowie Bewohner und Mitarbeiter des Bürgerheims wurden hinter die sofort errichtete Absperrung gedrängt.

Schuhmann, der soeben wieder aus dem Gebäude kam, unterwies die anwesenden Beteiligten.

Er selbst war sich darüber im Klaren, dass dies

hier kein Fall für die Nördlinger Polizei war.

Über die Augsburger Leitzentrale erbat er die umgehende Unterstützung durch die Kollegen der Kripo und der Staatsanwaltschaft.

Er forderte außerdem ein Team der Spurensicherung an.

Peter Wagner und Werner Brand beauftrage er inzwischen mit den ersten Befragungen der unmittelbaren Zeugen.

7. Kapitel

Kriminalhauptkommissar Robert Markowitsch staunte nicht schlecht, als er am frühen Morgen die Tür zu seinem Büro öffnete und der Augsburger Oberstaatsanwalt vor ihm stand.

„Was zum Henker treibt Sie denn um diese Zeit schon in meine Gemächer, Berger?", fragte er mit einem leichten Grinsen im Gesicht.

„Schmeckt Ihnen das Frühstück zu Hause nicht?"

„Henker ist wohl in diesem Fall der passende Ausdruck, Markowitsch", antwortete Frank Berger.

„Auch wenn mir dabei gar nicht zum Spaßen zumute ist."

Robert Markowitsch erkannte den ernsten Gesichtsausdruck des Oberstaatsanwalts.

„Oh je", meinte er. „Das sieht nach Ärger aus."

„Wie kommen Sie nur darauf?", antwortete Berger mit sarkastischem Unterton.

„Da bin ich ausnahmsweise einmal vor Ihnen in diesem Gebäude und schon hab ich die Pest am Hals. Immer dieses Kompetenzgerangel."

„Nun mal immer mit der Ruhe", versuchte der Hauptkommissar seinen unerwarteten Besucher zu beruhigen.

Markowitsch deutete auf den Kaffeeautomaten, der auf einem kleinen Tisch in der Ecke seines Büros stand.

„Ich werde uns erst mal einen Cappuccino machen und Sie können mir dabei ihre Sorgen beichten."

Frank Berger winkte etwas unwirsch ab.

„Sparen Sie sich ihre morgendlichen Floskeln, Markowitsch. Mir ist der Appetit auf Kaffee vergangen.

Außerdem drängt die Zeit. Schnappen Sie sich Ihren Kollegen und verständigen Sie die Spurensicherung."

Der Leiter des Augsburger Kriminalkommissariats K1 horchte auf.

Wenn sich Frank Berger dermaßen unter Druck befindet, wie es den Anschein hat, musste tatsächlich einiges im Argen liegen.

Markowitsch blickte auf die Uhr.

„Neumann dürfte in etwa zehn Minuten da sein", meinte er.

„Zacher und seine Leute kurzfristig zu bekommen sollte ebenfalls kein allzu großes Problem darstellen.

Allerdings würde ich zuerst einmal gerne wissen, welche Laus Ihnen um diese Zeit schon über die Leber gelaufen ist."

Frank Berger verdrehte die Augen.

„Nördlingen", sagte er nur.

Robert Markowitsch sah den Oberstaatsanwalt mit fragendem Blick an.

„Nördlingen? Liegt doch im Zuständigkeitsbereich der Kollegen aus Dillingen."

„Richtig", gab Frank Berger zurück. „Genau das ist mal wieder das Problem."

Frank Berger verzog die Mundwinkel.

„*Mein* Problem, um es genau zu sagen.

Aber das, was mir vorhin durch Hauptkommissar Schuhmann mitgeteilt wurde, veranlasst mich dazu, diese Angelegenheit in Ihre erfahrenen Hände zu legen."

„Dann sollten Sie mir jetzt aber auf die Schnelle mal einige Details nennen, Berger.

Ich gehe einen neuen Fall nämlich ungerne so ganz ohne Vorkenntnisse an."

Markowitsch's Besucher griff sich kurzerhand einen Stuhl und setzte sich an den Schreibtisch.

„Ihre Bemerkung vom Henker könnte den sprichwörtlichen Nagel auf den Kopf treffen, Markowitsch", seufzte er.

In einigen kurzen Sätzen gab der Oberstaatsanwalt nun das wieder, was ihm seit dem Morgen die Ruhe nahm.

„Geköpft. Ach du Scheiße", war in diesem Moment das Einzige, das Markowitsch über die Lippen kam.

Er schüttelte sich unwillkürlich, als er sich die geschilderte Szene bildlich vorstellte.

„Hört sich im ersten Moment nach irgendeinem durchgeknallten Typen an.

Aber es ist eben auch ein Mordfall. Und Nördlingen gehört zum Bereich der Dillinger Kollegen."

„Sicher", gestand Frank Berger ein.

„Aber einige Gegenstände, die in unmittelbarer Nähe am Tatort gefunden wurden, gaben mir den Anlass zu meiner Entscheidung, den Fall an Sie und Neumann zu übertragen."

Trotz des scheinbaren Zeitdrucks nahm Robert

Markowitsch nun ebenfalls an seinem Schreibtisch Platz.

„Jetzt machen Sie mich aber neugierig, Berger", meinte er, als es an seiner Bürotür klopfte und diese kurz darauf geöffnet wurde.

Frank Berger blickte über die Schulter zurück und erkannte Peter Neumann, der soeben den Raum betrat.

„Da sind Sie ja endlich", meinte er nervös und deutete auf einen Stuhl neben sich.

„Setzen Sie sich, dann brauche ich den Rest nicht zweimal zu erzählen."

Mit kurzen Worten erklärte er auch dem hinzugekommenen Beamten zunächst, weshalb er hier war.

„Und was veranlasst Sie jetzt dazu, diese Geschichte von Dillingen abzuziehen?", wollte nun auch Peter Neumann vom Oberstaatsanwalt wissen.

Frank Berger knetete sich nervös die Finger.

„Ausschlaggebend waren für mich die Gegenstände, die in einem Büro des Museums gefunden wurden.

Habe ich Ihrem Chef gegenüber auch schon erwähnt."

„Haben Sie", warf Markowitsch nun ein.

„Aber um was zum Teufel handelt es sich denn dabei?"

Frank Bergers Gesicht hatte während des Gesprächs etwas an Farbe verloren.

„Lassen Sie den Teufel aus dem Spiel, Markowitsch", meinte er und zählte nun auf:

„Unter anderem eine scheinbar handgefertigte

Decke, vermutlich afrikanischen Ursprungs.

Des Weiteren ein paar kleine Gefäße aus Ton, sowie andere Gegenstände, die man ebenfalls dem afrikanischen Kontinent zuordnen würde.

Das Entscheidende aber waren zwei kleine Figuren, wie man sie dort vermutlich auch für diese sogenannten Voodoo-Zeremonien verwendet."

Als Frank Berger seine Erklärung beendet hatte, herrschte für einige Augenblicke Stille im Büro des Augsburger Kriminalkommissariats.

Peter Neumann und Robert Markowitsch sahen sich einige Sekunden lang wortlos an.

Man konnte erahnen, dass es gewaltig in den Köpfen der beiden Kriminalbeamten arbeitete.

Dem Augsburger Oberstaatsanwalt schien das Schweigen der beiden Männer angesichts der Situation endlos zu dauern.

„Sagen Sie mir bitte jetzt nicht, dass diese unsägliche Geschichte mit dem Nördlinger Türmer und diesem damals durchgeknallten afrikanischen Arzt wieder neu aufgerollt werden muss, Markowitsch."

„Ich sage überhaupt nichts, Berger", antwortete Robert Markowitsch nach einigem Überlegen auf die Anspielungen seines Gegenübers.

„Jedenfalls nicht, solange ich mir kein eigenes Bild von der ganzen Situation vor Ort gemacht habe."

Während er diesen Satz sprach, erhob sich der Leiter der Augsburger Kripo von seinem Platz.

„Auf geht's, meine Herren", meinte er seufzend. „Wir sollten die Kollegen in Nördlingen nicht unnötig lange mit ihrem Schicksal alleine lassen."

Markowitsch griff nach seinem Autoschlüssel und warf diesen Peter Neumann über den Schreibtisch hinweg zu.

„Sie dürfen fahren, Neumann. Aber bitte so, dass unserem Oberstaatsanwalt nicht übel wird, bis wir in Nördlingen angekommen sind."

8. Kapitel

Baako stand mit versteinerter Miene am erst wenige Wochen alten Grab seiner Mutter. Dass alles so schnell gehen würde, damit hatte er nicht gerechnet.

Doch diese heimtückische Krankheit war wohl schon zu weit fortgeschritten, als dass ihr gepeinigter Körper noch länger hätte Widerstand leisten können.

Letztendlich gab es keine Chance, diesen aussichtslosen Kampf zu gewinnen, auch wenn sich Oboshie lange Zeit vehement dagegen gewehrt hatte.

Doch wie Baako erfuhr, war es wohl nur der Wunsch nach Erklärung, der seine Mutter das Leiden so lange hatte ertragen lassen.

Tagelang lief er ziellos in der Gegend umher und versuchte dabei, seine Gedanken zu ordnen.

Gedanken über seinen Vater, den er nie kennengelernt hatte. Er hatte von seiner Mutter nur in Erfahrung bringen können, dass er einer der angesehenen Ärzte einer Klinik in Lomé gewesen sei.

Da sie die Erinnerungen an die Vergangenheit zu sehr schmerzten, schwieg sie sich über alle weiteren Details dazu aus.

Auch wenn Baako sie noch so sehr drängte, es war nichts von ihr zu erfahren.

Er hatte sich vorgenommen, zu einem späteren Zeitpunkt, entgegen ihrem Einverständnis, Recherchen anzustellen.

Doch ging es Oboshie mit einem Mal von Tag zu Tag schlechter.

Anfangs schob Baako dies auf die Umstände, dass er mehr über seinen Vater wissen wollte und seine Mutter dies psychisch in Bedrängnis brachte.

Als sich dann jedoch herausstellte, dass der Krebs ihren Körper befallen hatte, stellte er seine persönlichen Belange hinten an und kümmerte sich ab diesem Tag nur noch aufopferungsvoll um sie.

Vor einigen Tagen aber, als sie von ihrem letzten Besuch im Krankenhaus zurückgekehrt war, änderte sich die Situation mit einem Schlag.

Oboshie schien immer öfter nur noch wie in einem Fiebertraum zu leben. Immer wieder geschah es, dass er sie besorgt aus ihrem Schlaf wecken musste, da sie von Alpträumen geplagt schien.

Einmal sprach sie ihn sogar mit dem Namen seines Vaters an.

Abedi, so nannte sie ihn.

Auch wenn es ihm schwerfiel: Baako hatte stets den Wunsch seiner Mutter respektiert, sie nicht über das dunkelste Kapitel ihrer Zeit in Lomé auszufragen.

Jetzt aber, nachdem sie ihm vor wenigen Tagen stundenlang wie ein Wasserfall, der zu versiegen drohte, die ganze Geschichte erzählt hatte, da wusste er, wie sehr sie doch alles belastet haben musste.

Baako war sich sicher, dass dies ihre Seele so sehr in Mitleidenschaft gezogen hatte, dass ihre Krankheit die logische Schlussfolgerung davon sein musste.

Aber er konnte es nicht mehr ändern.

Eines jedoch wollte er tun: Das Erbe seines Vaters antreten. Das, was ihm als Erstgeborenem zustand.

Sein Name, Baako, der Erstgeborene.

Oboshie hatte ihm erzählt, dass sein Vater nach einigen Jahren diese Studentin geheiratet hatte und mit ihr nach Deutschland gegangen war.

Er hatte dort als Arzt gearbeitet und mit dieser Frau auch einen weiteren Sohn gezeugt.

Er besaß also einen Halbbruder. Vielmehr, er hatte einen Halbbruder besessen.

Denn bei seinen Nachforschungen in den letzten Tagen hatte er herausgefunden, dass auch dieser Michael Akebe nicht mehr am Leben war.

Ebenso wie sein Vater, der unter wohl äußerst seltsamen Umständen ums Leben kam.

Die Presseberichte, die er im Internet fand, berichteten in Sensationsmanier von einer Geschichte, aus der er nicht schlau wurde.

Teils tragische, teils zweideutige Berichte gab es zum Tod mehrerer Menschen in einer Stadt Namens Nördlingen, in der sein Vater einst mit seiner Familie gelebt hatte.

Baako fand auch heraus, dass Christine Akebe, die Mutter seines Halbbruders, noch immer in Nördlingen wohnte.

Auch hatte er über die Herkunft seines Vaters recherchiert. Nächtelang suchte er nach Informationen.

Ein westafrikanischer Stamm der Yoruba wäre also seine eigentliche Heimat gewesen.

Aus den letzten Erzählungen seiner Mutter wusste er, dass Abedi Akebe der älteste Sohn des Stammeshäuptlings gewesen war.

Nach einigen Überlegungen war sich Baako bewusst, dass er wohl der eigentliche Nachfolger in der Reihe der Häuptlinge sein musste.

Oboshie erwähnte ihm gegenüber auch von ihrem anfänglichen Stolz, einen Sohn des Stammesführers unter ihrem Herzen getragen zu haben.

Dieses erhabene Gefühl, das bei einem Besuch in der Klinik so jäh zerbrach und sie damals keinen anderen Ausweg sehen ließ, als ihre Schwangerschaft zu verschweigen und aus Lomé fortzugehen.

Weit fort, sodass sie nicht mehr weiter mit ansehen musste, wie ihr Lebenstraum zerbrach.

Seine Mutter erzählte auch vom Stammesschwert der Yoruba, das Abedi ihr einmal voller Stolz gezeigt hatte.

Er erklärte ihr dabei auch, dass es stets an den erstgeborenen Sohn weitergeben würde.

Baako war nun entschlossen, sich sein ihm rechtmäßig zustehendes Erbe zu holen.

9. Kapitel

Peter Neumann drosselte kurz vor dem Ortsschild das Tempo. Er wusste von einer früheren Fahrt nach Nördlingen, dass die Kollegen der Verkehrsüberwachung gerne einmal hier am Ortseingang ihrer Tätigkeit nachgingen.

Frank Berger, der Augsburger Oberstaatsanwalt, bemerkte dies sogleich.

„Da wir uns im Einsatz befinden, Herr Neumann, müssen Sie ausnahmsweise nicht mehr als unbedingt nötig aufs Tempo achten", meinte er sichtlich nervös vom Rücksitz aus.

Peter Neumann riskierte einen kurzen Blick seitwärts und erkannte ein leichtes Nicken von Robert Markowitsch.

Er schaltete das Blaulicht auf dem Dach des Dienstwagens an und trat das Gaspedal durch.

Da sich der Wagen kurz darauf einer roten Verkehrsampel näherte, gab er den umstehenden Fahrzeugen zusätzlich durch Aktivierung des Martinshorns zu verstehen, dass er sich die Vorfahrt nehmen würde.

„Sie kennen den Weg?", wollte der Staatsanwalt wissen.

„Navi", deutete Peter Neumann mit dem Finger neben das Armaturenbrett.

„Hilft Ihnen aber in diesem Fall nicht weiter", gab der Frank Berger zurück.

„Die Zufahrt durch das Reimlinger Tor ist gesperrt. Hat mir der Kollege heute Morgen noch mitgeteilt."

„Dann eben so herum", meinte Neumann und lenkte das Fahrzeug mit quietschenden Reifen an einer weiteren Ampelkreuzung nach links.

„Schulbetrieb", wurde er von Robert Markowitsch ermahnt.

„Fahren Sie mir bloß niemanden über den Haufen."

„Keine Sorge", gab Neumann zurück. „Sie kennen mich doch."

„Eben deshalb", erwiderte der Hauptkommissar.

In einhundert Metern rechts abbiegen ertönte die Stimme aus dem Navigationsgerät.

„Danke, mein Schatz", antwortete Peter Neumann und folgte wenig später dem Hinweis.

Nachdem es an der nächsten Ampel auf Grund einer Absperrung für ihn nur die Möglichkeit gab nach links in die Herlinstraße abzubiegen, zeigte sich Neumann etwas ungehalten.

„Scheinbar wollen die uns hier gar nicht in die Stadt reinlassen", schimpfte er.

„Überall dreißig. Haben die hier Angst vor Autofahrern?"

„Wird schon seine Gründe haben", grinste Markowitsch. „Sind wohl früher mehrere Neumanns unterwegs gewesen."

Als die drei Beamten schließlich wenig später durch das Berger Tor in der Innenstadt eintrafen, zog der Wagen mit Blaulicht und Signalhorn unweigerlich die Aufmerksamkeit der Menschen auf sich.

Nach zweihundert Metern fahren sie geradeaus über die

Kreuzung in die Drehergasse gab das Navigationsgerät die Richtung vor.

„Links herum wäre ich auch nicht gefahren", murmelte Peter Neumann, als er vorsichtig in die Kreuzung einfuhr.

„Ganz Nördlingen scheint ja eine einzige Baustelle zu sein."

Augenblicke später ließ ein Polizeibeamter den Wagen durch die Absperrung passieren.

Man hatte die Zufahrt zur Vorderen Gerbergasse abgeriegelt und lenkte den Verkehr durch das Löpsinger Tor aus der Stadt.

„Dann wollen wir uns mal umsehen", meinte Markowitsch, als die drei Beamten kurz darauf ihr Fahrzeug im Hof vor dem Stadtmuseum abstellten und ausstiegen.

Sie wurden bereits von Gerd Schuhmann erwartet.

Mit schnellen Schritten kam dieser auf die Augsburger zu und begrüßte die Kollegen nacheinander.

„Wir haben ringsherum alles dichtgemacht", sagte Schuhmann mit bleichem Gesicht zu Robert Markowitsch.

„War gar nicht so einfach, die Leute zurückzuhalten, nachdem sich herumgesprochen hat, was da drin passiert ist."

Während seiner Worte führte Schuhmann eine waagrechte Handbewegung an seinem Hals aus.

„Konnte wohl einer mal wieder nicht den Mund halten", schimpfte Frank Berger, als er mit den anderen das Museum betrat.

Mit raschen Schritten eilte der Nördlinger Polizeihauptkommissar vor ihnen her in Richtung des Treppenaufgangs.

Dort kamen ihnen der Notarzt und zwei Sanitäter entgegen.

Alle drei sahen ziemlich mitgenommen aus.

„Für uns gibt's hier nichts mehr zu tun", meinte der Arzt.

„Da hätten wir auch noch so früh da sein können."

„Was ist mit der Frau?", wollte Gerd Schuhmann wissen.

„Die befindet sich bereits im RTW. Sie steht unter einem massiven Schock.

Wir haben sie momentan stabil, nehmen sie aber jetzt mit ins Krankenhaus. Alles weitere erfahren Sie dann von dort."

„Danke", verabschiedete der Nördlinger Beamte die Rettungshelfer, wies sie dabei jedoch darauf hin, dass über das Geschehen nichts an die Öffentlichkeit dringen durfte.

Schuhmann wandte sich beim Hinaufgehen an die Augsburger Kollegen.

„Ich hoffe nur, Sie haben noch nicht gefrühstückt. Könnte vielleicht umsonst gewesen sein."

„Wie sollen wir das jetzt verstehen, Herr Kollege?", fragte Markowitsch zurück.

„Warten Sie bis wir oben sind", antwortete der Nördlinger.

„Ich habe ja auch schon den einen oder anderen Toten bei einem Verkehrsunfall gesehen.

Das da oben allerdings hätte mir vorhin fast den Magen umgedreht."

Fragend sahen sich Markowitsch, Neumann und Frank Berger an, als sie die Treppe in das Obergeschoss betraten.

„Lassen Sie uns mal vorbei, bevor hier wieder alle brauchbaren Spuren zertrampelt werden", ertönte plötzlich eine bekannte Stimme hinter ihnen.

Der Leiter der Augsburger Kripo drehte sich um und erblickte die Kollegen der angeforderten Spurensicherung.

„Ach, Zacher", meinte er sichtlich erleichtert und trat einen Schritt zur Seite.

„Dann gehen Sie mal vor", deutete er nach oben.

„Wenn ich den Aussagen der Kollegen glauben darf, bin ich richtig froh, dass Sie schon da sind.

So können Sie uns den zu erwartenden Anblick schon mal vorwegnehmen."

„Wenn uns das erwartet, was ich bisher gehört habe, wäre das für Ihr zart besaitetes Gemüt am frühen Morgen wohl zu viel", gab Alfred Zacher, der Leiter der SpuSi zurück.

Er stieg schnellen Schrittes, gefolgt von seinen Kollegen und den Kriminalbeamten die Treppe nach oben und öffnete die Glastür zum Ausstellungsraum.

Dort stellte er seinen Koffer am Boden ab und holte sich einen Schutzanzug daraus hervor.

Nachdem er diesen übergezogen hatte, griff er sich noch ein Paar Einweghandschuhe und streifte diese ebenfalls über.

„Dann mal frisch ans Werk, meine Herren", meinte er mit einem Blick über die Schulter zu den drei Männern, die ihn begleiteten.

Alfred Zacher betrat nach wenigen Schritten den Durchgang zum Ausstellungsraum, blieb einige Sekunden stehen und machte sofort wieder kehrt.

„Ach du heilige Scheiße, Markowitsch. Was haben Sie mir denn da wieder eingebrockt?"

Der Hauptkommissar, der dem Leiter der Spurensicherung gefolgt war, sah das Entsetzen in dessen bleichem Gesicht.

Markowitsch wirkte erschrocken.

Es kam nicht oft vor, dass er Zacher in einer solchen Verfassung sah.

„So schlimm?", fragte er mit besorgter Miene.

„Noch schlimmer", erwiderte Alfred Zacher. „Das wollen Sie nicht wirklich sehen."

„Müssen wir aber", erklang nun die Stimme von Frank Berger, der ebenfalls hinzugekommen war, sich an Robert Markowitsch vorbeischob und den Raum betrat.

Doch auch der Augsburger Oberstaatsanwalt kam stante pede wieder heraus.

Man sah ihm an, dass er mit Würgereiz zu kämpfen hatte.

„Kein Anblick für schwache Gemüter", gab er umgehend zu und wandte sich an Alfred Zacher.

„Tut mir leid, Herr Zacher. Aber ich muss Sie und Ihre Kollegen bitten, da drin erst einmal ihre Arbeit zu machen."

Er blickte sich nach einem Polizeibeamten um.

„Kann hier irgendjemand Kaffee besorgen? Stark und schwarz."

Anschließend wandte er sich an den Nördlinger Polizeichef.

„Solange die Spurensicherung hier ihre Arbeit macht, würde ich mir gerne das Büro ansehen, von dem Sie am Telefon gesprochen haben."

„Selbstverständlich, Herr Berger", antwortete der angesprochene Gerd Schuhmann.

„Folgen Sie mir bitte nach unten, meine Herren", nickte er auch Markowitsch und Peter Neumann zu.

„Im Moment nichts lieber als das", gab der Augsburger Kripochef zurück.

Peter Neumann, der ihm auf der Treppe nach unten hinterher ging, meinte:

„Ich hab ja nicht reingesehen. Ist es wirklich so schlimm?"

„Ja", gab Markowitsch zu. „Ersparen Sie sich den Anblick. Er könnte Sie vielleicht um die nächste Nachtruhe bringen."

Kurz darauf betraten die Beamten das Büro, das wohl die Museumsverwaltung beinhaltete.

Nachdem sie sich mit kurzen Blicken einen ersten Eindruck verschafft hatten, traten Robert Markowitsch und Peter Neumann an den großen Schreibtisch, der mitten im Raum stand.

Diverse Papierunterlagen sowie verschiedene Gegenstände lagen dort aufgereiht.

„Kommen Ihnen diese Dinge nicht auch irgendwie bekannt vor?", unterbrach Markowitsch das Schweigen.

„Sicher", gab Peter Neumann mit etwas nachdenklicher Mine zurück, indem er nach einer der kleinen Figuren greifen wollte, die auf dem Tisch lagen.

„Aber bitte nicht ohne", ermahnte ihn ein Mitarbeiter der Spurensicherung, indem er Peter Neumann ein frisches Paar Latexhandschuhe entgegen hielt.

Dieser untersuchte nacheinander einige der Gegenstände und meinte anschließend:

„Nehmen Sie das ganze Zeug mit in die KTU. Sobald das Notebook ausgewertet ist, hätte ich gerne die Informationen auf meinem Schreibtisch."

„Selbstverständlich", gab der Angesprochene zurück. „Wie immer."

„Ich würde nur zu gerne wissen, wie diese Dinge hierher kommen, wenn es tatsächlich die sind, die wir beide wohl vermuten", sprach Neumann mit einem Blick in Markowitsch's Richtung.

Als in diesem Moment der Nördlinger Polizeibeamte mit einer Kaffeekanne und einigen Tassen den Raum betrat, atmete Frank Berger einmal tief durch.

„Sehr gut, Kollege, vielen Dank. Genau das brauche ich jetzt, bevor wir hier weiter machen."

Er nahm eine der abgestellten Tassen vom Tablett und blickte auf den Augsburger Hauptkommissar.

„Sie auch einen, Markowitsch? Das wird sicher noch ein langer Tag."

„Ausnahmsweise", gab dieser zur Antwort. „Auch wenn mir Cappuccino lieber wäre."

„Den können Sie sich genehmigen, sobald Sie wieder in ihrem Büro sind", gab der Oberstaatsanwalt zurück.

Nach dem ersten Schluck aus seiner Tasse erblickte Robert Markowitsch den Nördlinger Kollegen Peter Wagner, der soeben das Büro betrat und mit einer kurzen Handbewegung auf sich aufmerksam machte.

Er winkte den Mann zu sich heran.

„Wie sieht es unten aus, Herr Wagner?", wollte er wissen. „Gibt es irgendwelche brauchbaren Zeugenaussagen?"

„Deshalb bin ich da", kam Wagners Antwort.

„In meinen Augen ist bei der Befragung bis jetzt nicht wirklich etwas herausgekommen, das uns weiter hilft.

Der Mann, der als Erster hier war, nimmt sich zwar sehr wichtig, aber wirklich mitbekommen hat er wohl auch nichts.

Ansonsten scheint es keine unmittelbaren Zeugen zu geben. Abgesehen von der Frau, die man ins Krankenhaus gebracht hat."

Robert Markowitsch's Gesichtsausdruck war alles andere als erfreut über die Mitteilung des Nördlinger Polizeibeamten.

„Da wird uns wohl nichts anderes übrig bleiben, als auf deren Aussage zu warten", meinte er.

„Erkundigen Sie sich doch bitte beim behandelnden Arzt, bis wann die Frau seiner Meinung nach vernehmungsfähig ist."

„Ich werde mich darum kümmern, Herr Hauptkommissar", gab Wagner zur Antwort, nahm kurz die rechte Hand an die Stirn und verließ das Büro.

Frank Berger, der den kurzen Dialog zwischen den beiden Männern verfolgt hatte, griff Markowitsch am Arm und zog ihn unauffällig in eine Ecke des Büros.

„Ist zwar noch etwas früh, mein lieber Markowitsch, aber wie schätzen Sie denn Ihrer Erfahrung nach die Sachlage hier ein?"

Der Oberstaatsanwalt rieb etwas ungeduldig mit der rechten Hand sein Kinn.

Der Augsburger Hauptkommissar zog die Augenbrauen nach oben.

„Sie haben es richtig erkannt, mein lieber Berger", gab er die vertrauliche Anrede zurück.

„Es ist in der Tat noch etwas zu früh, um jetzt schon irgendwelche spekulativen Rückschlüsse zu ziehen.

Um ganz ehrlich zu sein: Ich habe im Moment auch nicht den geringsten Schimmer, welche geisteskranke Kreatur dieses Blutbad da oben angerichtet haben könnte."

„Dachte ich mir fast", gab der Oberstaatsanwalt etwas resigniert zurück.

„Auf alle Fälle sorgen Sie mir dafür, dass bis zu den ersten Ermittlungsergebnissen absolut nichts von dem was hier passiert ist, nach außen dringt.

Ich will mir gar nicht ausmalen, welche Horrorgeschichten ich zu lesen kriege, wenn diese Sache an die Presse ausposaunt würde."

Robert Markowitsch dachte einen kurzen Moment über Frank Bergers Bedenken nach.

„Früher oder später wird sich das aber nicht vermeiden lassen", meinte er.

„Ist mir schon klar", gab Berger zurück und deutete mit der Hand in Richtung Gebäudeausgang.

„Bei dem Aufgebot da draußen werden vorlaute Spekulationen wohl nicht allzu lange ausbleiben."

Markowitsch überlegte einige Sekunden.

„Außer, wir kommen dem ganzen Gerede zuvor", meinte er.

Ein fragender Blick des Oberstaatsanwalts folgte.

„Wie denn das?", wollte er wissen.

„Ganz einfach, Berger", sprach Markowitsch. „Wir informieren den Nördlinger OB, natürlich nur über das Notwendigste, indem wir ihm die ganze Geschichte als bis jetzt noch unerklärlichen Unfall mit Todesfolge darstellen.

So kann er problemlos die erste Neugier der Schreiberlinge stillen und wir verschaffen uns dadurch etwas Zeit, bis die ersten Ermittlungsergebnisse vorliegen.

Danach können wir ihm immer noch reinen Wein einschenken."

Frank Berger dachte für einen Augenblick über den Vorschlag des Hauptkommissars nach.

„Hört sich ganz plausibel an, Markowitsch. Ich kenne Martin Steger nicht so gut wie Sie.

Hoffen wir mal, dass er sich damit zufrieden stellen lässt.

Wenn Sie der Meinung sind, dass Sie das hinkriegen, dann machen Sie das so.

Aber vergessen Sie mir bloß nicht, den Rest der Mannschaft hier zum vorläufigen Stillschweigen zu vergattern."

„Geht schon klar, Herr Berger", antwortete Markowitsch.

„Ich werde Neumann über unser Gespräch in Kenntnis setzen. Er wird sich darum kümmern."

„Apropos Neumann", sagte der Oberstaatsanwalt und stellte dabei seine leere Kaffeetasse auf das Tablett zurück.

„Langsam dürften er und die Spurensicherung doch schon erste Erkenntnisse gesammelt haben."

Er packte den Hauptkommissar am Ärmel.

„Kommen Sie, Markowitsch. Mal sehen, was die Kollegen inzwischen herausgefunden haben."

Robert Markowitsch hasste diese Ungeduld des Oberstaatsanwalts.

Aber insgeheim musste er sich eingestehen, dass er sich selbst gegenüber Alfred Zacher, dem Leiter der Spurensicherung, oftmals nicht anders verhielt, wenn es darum ging, möglichst schnell an neue Informationen zu kommen.

Außerdem musste er Frank Berger recht geben. Sollte die Presse jetzt schon darüber Bescheid bekommen, wie Martina Karrer ums Leben gekommen war, würde dies wohl nur unnötige Panik entfachen.

10. Kapitel

Nachdem das Nördlinger Rathaus nur zwei Straßen weit vom Stadtmuseum entfernt lag, ließ es sich natürlich nicht lange verhindern, bis Martin Steger Kenntnis vom dortigen Geschehen erhielt.

Augenblicke später erschien er gemeinsam mit Oliver Lauer, dem verantwortlichen Leiter für den Nördlinger Tourismus, vor dem Stadtmuseum.

Der OB erkannte von der Seite den telefonierenden Peter Wagner, einen der Nördlinger Polizeibeamten, auf den er sogleich zuging, wobei er noch die letzten Sätze dessen Telefongesprächs mitbekam.

„Gut danke, Herr Professor. Dann werde ich den Kommissaren mitteilen, dass sie Frau Kahling nicht vor morgen Nachmittag vernehmen können."

Peter Wagner beendete das Gespräch und verstaute sein Handy in der Tasche.

Als er sich auf den Weg ins Museum begeben wollte, um die erhaltene Information an Schuhmann und Markowitsch weiter zu geben, erblickte er den ihm entgegen kommenden Martin Steger.

Nachdem der Polizeibeamte kurz mit der rechten Hand gegen seine Dienstmütze getippt hatte, reichte er diese dem Nördlinger OB entgegen.

Martin Steger erwiderte den Gruß und forderte Peter Wagner im gleichen Atemzug auf, ihn über das Geschehen im Museum aufzuklären.

Der Polizist war jedoch erfahren genug, das Stadtoberhaupt auf seinen Vorgesetzten bzw. den Augsburger Kriminalhauptkommissar zu verweisen.

„Die Augsburger Kripo ist hier? Weshalb hat man mir das nicht mitgeteilt?"

Martin Steger war sichtlich überrascht und schon im Begriff, den Eingangsbereich des Gebäudes zu betreten, als er sich von Peter Wagner zurück gehalten sah.

„Bitte warten Sie hier, Herr Steger. Wir haben Anweisung, niemanden ins Museum zu lassen, solange die Spurensicherung ihre Arbeit noch nicht abgeschlossen hat."

Ein erstaunter, fast schon maßregelnder Blick des Nördlinger OB traf ihn.

„Habe ich Sie da eben richtig verstanden, Herr Wagner? Sie verweigern uns hier den Zutritt?"

Wagner kannte Martin Steger nun schon einige Jahre und wusste, dass dieser dazu neigte, in angespannten Situationen etwas kritisch zu reagieren.

„Ich bitte Sie um Verständnis", versuchte er die beiden Männer zu beruhigen, erkannte aber in diesem Moment aus dem Augenwinkel, dass Peter Neumann aus dem Museum kam.

Er deutete mit seiner Hand in Richtung Eingangstüre.

„Der Kollege aus Augsburg wird Ihnen sicherlich die gewünschte Auskunft geben können, Herr Steger", sprach Peter Wagner laut.

Der Augsburger Kriminalbeamte benötigte nur einige Sekunden, um diesen Wink mit dem Zaunpfahl zu verstehen.

Nachdem er seinen Nördlinger Kollegen bei Martin Steger und dessen Begleiter stehen sah, war er heilfroh darüber, dass ihn Robert Markowitsch und der Oberstaatsanwalt über die geplante Vorgehensweise in Kenntnis gesetzt hatten.

So war es für ihn nicht sonderlich schwer, Peter Wagner aus seiner Situation zu befreien.

„Guten Morgen, Herr Steger", begrüßte Peter Neumann den OB und reichte auch dem Mann an dessen Seite die Hand.

„Peter Neumann, Kripo Augsburg", stellte er sich vor.

„Oliver Lauer", entgegnete der Angesprochene den Gruß. „Als Leiter für den Tourismus verantwortlich für alles, um unsere Stadt für Besucher interessant zu machen."

„Die Mordkommission hier in Nördlingen?", ergriff nun Martin Steger wieder das Wort.

„Sagen Sie mir bitte nicht, dass es schon wieder ein Gewaltverbrechen gegeben hat, Herr Neumann. Mir wurde vorhin im Rathaus von einem Anrufer mitgeteilt, dass ein Großeinsatz der Rettungskräfte hier am Stadtmuseum im Gang sei."

„Na ja", versuchte Peter Neumann das Ganze etwas floskelhaft darzustellen.

„Das lässt sich anhand der Einsatzfahrzeuge ja auch nicht unschwer erkennen."

„Wir haben erfahren, dass Frau Kahling, die Pflegedienstleitung unseres Bürgerheims, mit einem Rettungswagen geholt wurde", fuhr Martin Steger fort.

„Keine Sorge, Herr Steger", versuchte Peter

Neumann, den OB zu beruhigen.

„Die Frau hat einen Schock erlitten und wurde deshalb zur weiteren Beobachtung ins Krankenhaus gebracht."

Anfänglich schien Martin Steger erleichtert über das, was ihm der Augsburger Beamte mitteilte.

Auf seiner Stirn zeigten sich jedoch sogleich einige Falten, als er fragend die Augenbrauen nach oben zog.

„Einen Schock, sagen Sie? Weshalb? Was ist da drin passiert? Nun reden Sie schon, Mann.

Als Oberbürgermeister habe ich schließlich ein Recht darauf zu erfahren, was in unserer Stadt vor sich geht."

Da war sie wieder, die Art und Weise, die Peter Neumann so sehr an Politikern schätzte.

„Es gibt einen Todesfall, dessen Ursache noch nicht eindeutig festgestellt werden kann."

Neumann richtete seinen Blick abwechselnd auf die beiden Männer vor ihm.

„Ich muss Ihnen leider mitteilen, dass es sich bei der Toten wohl um eine gewisse Martina Karrer handelt."

Peter Neumann erkannt die Ungläubigkeit im Gesicht des Nördlinger Oberbürgermeisters.

Mit leicht geöffnetem Mund starrte er seinen Begleiter an.

Dieser reagierte völlig überrascht:

„Frau Karrer? Unmöglich. Ich hatte gestern Abend noch einen Termin mit ihr."

Der Augsburger Kripobeamte horchte auf.

„Gestern Abend sagen Sie? Wann genau war

das?"

Oliver Lauer überlegte nur einen kurzen Augenblick.

„So gegen halb acht hatten wir uns hier im Museum verabredet. Vorher ging es bei mir leider nicht, da ich noch einen privaten Termin wahrnehmen musste."

Neumann hakte nach.

„Ist Ihnen an Frau Karrer selbst oder an ihrem Verhalten irgendetwas Ungewöhnliches aufgefallen?"

Oliver Lauer schien zu überlegen.

„Ich meine: War sie anders als sonst? Ich gehe doch richtig in der Annahme, dass Sie beide ja bestimmt öfter miteinander zu tun hatten?"

„Das schon", gab Lauer zur Antwort.

„Wir wollten in erster Linie noch einmal über die geplante Sonderausstellung sprechen.

Napoleon im Kleinformat. Die Europäischen Ereignisse 1812–1815 in der Druckgrafik von Johann Michael Voltz.

Frau Karrer war nicht anders als sonst auch. Soweit ich sie jedenfalls kannte.

Sie wirkte vielleicht etwas übermüdet. Aber das liegt wohl auch an der Belastung durch ihre kranke Mutter.

Sie hat gestern Abend noch etwas in dieser Richtung erwähnt.

Weshalb diese Frage?"

Peter Neumanns sah für einen kurzen Moment scheinbar an den beiden Männern vorbei ins Leere, bevor sein Blick die Augen von Oliver Lauer fixierte.

„Weil Sie, im Moment sieht es jedenfalls so aus, der Letzte zu sein scheinen, der Martina Karrer lebend gesehen hat."

Neumann sah kurz auf seine Uhr.

„Sie entschuldigen mich bitte, meine Herren. Ich muss zurück zu den Kollegen."

Er reichte dem OB und Oliver Lauer die Hand.

„Wir werden uns umgehend bei Ihnen melden, Herr Steger, sobald wir nähere Erkenntnisse haben.

Ich nehme an, wir können Sie im Rathaus erreichen?"

„Sicher", gab Martin Steger etwas irritiert über die in seinen Augen rasche Abfertigung zur Antwort.

„Ansonsten weiß meine Sekretärin Bescheid."

11. Kapitel

Alfred Zacher, seines Zeichens eingefleischter Pathologe, sah sich an diesem Morgen einer wahren Herausforderung gegenüber.

Ein lebloser Körper, der Geruch von Blut, Leichenteile, all dies gehörte unter anderem mit zu seinem Alltag.

Nachdem er den ersten Anblick des Tatorts verdaut hatte, machte er sich mit stoischer Ruhe an sein Werk, auch wenn er sich eingestehen musste, dass er ein solches Exemplar eines Corpus Exanimus zum ersten Mal vor sich hatte.

Dieser Akt an roher Gewalt war durch nichts zu rechtfertigen. Seiner Meinung nach konnte es sich beim Täter entweder nur um eine geistesgestörte Kreatur handeln, oder das Ganze hatte einen religiösen Hintergrund.

Hin und wieder hatte er in diverser Fachliteratur schon darüber gelesen.

Seine beiden Kollegen waren nicht ganz so gefasst wie ihr Chef.

Aus diesem Grund ließ Alfred Zacher im Raum einen Sichtschutz um den Fundort der Leiche errichten.

So konnte er etwas abgeschirmt in Ruhe seine ersten Untersuchungen durchführen, soweit dies hier vor Ort möglich war.

Seine beiden Assistenten versuchten inzwischen, Fingerabdrücke und sonstige auffindbare Spuren zu sichern.

Schließlich mussten sie Markowitsch und dem Staatsanwalt erste Ergebnisse vorweisen, sofern dies möglich war.

Aber irgendetwas fanden sie immer, auch wenn es sich anfangs dabei oft nur um vage Hinweise handelte.

Die weiteren Erkenntnisse durch die eigentliche kriminaltechnische Untersuchung ergaben letztendlich im Zusammenspiel mit den Ermittlungen der Kripo ein Puzzle, dessen Einzelteile nur noch entsprechend zusammengesetzt werden mussten.

Dies jedoch war in erster Linie die Aufgabe von Robert Markowitsch und seinen Leuten.

Als hätte dieser die Gedanken des Polizeiarztes gelesen, hörte Alfred Zacher in diesem Moment die Stimme des Augsburger Kripochefs durch die Sichtsperre hinter sich.

„Sind Sie da hinten eingeschlafen, Zacher, oder haben Sie inzwischen irgendetwas Handfestes für uns?"

Robert Markowitsch und Frank Berger konnten durch den Lichtschein im Raum erkennen, wie sich die Silhouette des Angesprochenen aus einer knienden Position erhob.

Augenblicke später trat Alfred Zacher hinter dem Sichtschutz hervor.

Er betrachtete die beiden Männer und überlegte für einen kurzen Moment.

„Wenn dies hier nicht so makaber wäre, würde ich sagen, dass mir die Sachlage kein großes Kopfzerbrechen bereitet, meine Herren.

Der Frau wurde der Kopf anscheinend nicht durch einen einzigen Hieb vom Körper abgetrennt.

Erstens deuten die Wundränder darauf hin und zweitens würde es ansonsten hier nicht wie auf einem Schlachthof aussehen.

Um was für eine Waffe es sich dabei handelt, kann ich Ihnen leider noch nicht genau sagen."

Der Arzt deutete mit einer ausholenden Handbewegung durch den Raum.

„Ich vermute mal auf Grund des Tatortes, dass es vielleicht ein Schwert oder ein Beil mit einem großflächigen Blatt gewesen sein könnte.

Die Kollegen untersuchen bereits sämtliche Schränke und Vitrinen. Eventuell stammt die Waffe ja von den Ausstellungsgegenständen."

Markowitsch winkte einen der Nördlinger Polizeibeamten zu sich.

„Kümmern Sie sich bitte darum, dass jemand hierher kommt, der sich mit dem Inventar auskennt", wies er an.

„Wir müssen wissen, ob irgendetwas fehlt, das auf die Tatwaffe hinweisen könnte."

Anschließend wandte er sich wieder mit fragendem Blick an Alfred Zacher, der jedoch sogleich abwinkte.

„Für weitere Details muss ich Sie leider vertrösten. Sie kennen den Lieblingsspruch der Gerichtsmediziner ja gut genug."

„Wie immer nach der Obduktion", kam es fast zeitgleich aus dem Mund von Markowitsch und dem Oberstaatsanwalt.

„Wo steckt eigentlich Ihr Kollege, Markowitsch?", meinte Frank Berger.

„Kümmert sich wohl noch um Ihr erteiltes Redeverbot", frotzelte dieser.

„Schon erledigt", vernahmen die beiden Männer eine Stimme hinter sich.

„Den OB habe ich übrigens samt seinem Begleiter auch wieder abgewimmelt."

Das Gesicht des Oberstaatsanwalts gewann bei diesem Satz etwas an Farbe.

„Ich hoffe nur, mein Freund, dass Sie sich dabei an die vereinbarte Geschichte gehalten haben.

Ansonsten könnte es sein, dass wir in Teufels Küche kommen."

„Keine Sorge, Herr Berger", winkte Peter Neumann ab. „Der kam gar nicht groß zum Überlegen.

Allerdings erwartet er wohl schnellstmöglich den Stand der Dinge."

„Gut gemacht, Neumann. Damit haben wir den ersten Druck von dieser Seite schon mal weg."

Markowitsch's Blick ging auf seine Uhr, wobei er zeitgleich seine andere Hand in die Magengegend legte.

„Nachdem ich heute noch nicht gefrühstückt habe", meinte er zu den Kollegen, „würde ich vorschlagen, dass wir uns in irgendein Café setzen, um das weitere Vorgehen zu besprechen."

Peter Neumann suchte den Blick des Oberstaatsanwalts, der diesen Vorschlag allerdings ablehnte.

„Wie Sie sich bestimmt denken können, Markowitsch, habe ich noch andere Termine wahrzunehmen.

Haben Sie schon eine Idee, wie Sie weiter vorgehen werden?"

„Zunächst wäre wohl diese Pflegedienstleitung aus dem Seniorenheim hier nebenan die wichtigste Zeugin", entgegnete der Hauptkommissar nach einigen Sekunden des Überlegens.

„Mit deren Vernehmung kann jedoch, wie der Kollege Wagner erfahren hat, nicht vor morgen Nachmittag gerechnet werden."

„Das könnte ich übernehmen", meinte Peter Neumann.

„Es sollte sich aber auch jemand mit diesem Oliver Lauer befassen.

Der Mann ist in meinen Augen eher noch ein wichtigerer Zeuge, da er sich seiner Aussage nach gestern Abend noch mit dem Opfer getroffen hat."

Frank Berger horchte auf.

„Wer ist dieser Oliver Lauer?"

„Soweit ich das verstanden habe, der zuständige Leiter für den Nördlinger Tourismus", antwortete Peter Neumann.

„Bei besagtem Gespräch ging es wohl um irgendeine Ausstellung."

„Gut", meinte der Oberstaatsanwalt. „Dann bleiben Sie an diesem Mann dran.

Eine andere Sache scheint mir allerdings mindestens noch genauso wichtig zu sein, meine Herren: Diese Fundstücke auf dem Schreibtisch im Büro von Frau Karrer, die uns allen so bekannt vorkamen.

Scheinbar hat sie sich ja unmittelbar vor dem Verbrechen damit beschäftigt.

Ich hoffe nur, dass die nicht im unmittelbaren Zusammenhang mit ihrem Tod stehen."

„Zachers Kollegen haben das ganze Zeug eingetütet", gab Peter Neumann zur Antwort.

„Mal sehen, was dabei herauskommt."

„Okay warten wir es ab", meinte Frank Berger.

„Ich muss los, tut mir leid. Dann gehen Sie beide jetzt mal ins Café und belasten unser Spesenkonto. Ich erwarte dann schnellstmöglich ihren Bericht."

Der Oberstaatsanwalt hielt seinen Autoschlüssel schon in der Hand, als ihm einfiel, dass er ja mit den beiden Kripobeamten in Robert Markowitsch's Auto nach Nördlingen gefahren war.

Abrupt hielt er inne.

„Es gibt ein kleines Problem, Markowitsch."

Dieser sah Frank Berger fragend an.

„Da wir ja zusammen in ihrem Wagen hergefahren sind, fehlt uns nun ein Fahrzeug."

„Da machen Sie sich mal keine Sorgen", entgegnete Robert Markowitsch und reichte Berger die Schlüssel zu seinem Auto.

„Nachdem Neumann und ich morgen noch weiter hier zu tun haben, werden uns die Nördlinger Kollegen sicher ein Dienstfahrzeug zur Verfügung stellen."

Dankend nahm Frank Berger den Schlüssel entgegen und machte sich auf den Weg.

Etwa fünfzehn Minuten später standen Robert Markowitsch und Peter Neumann am Marktplatz neben dem Nördlinger Rathaus.

Der Blick des Augsburger Kriminalhauptkommissars richtete sich nach oben.

Mit ausgestrecktem Arm deutete er in Richtung Turmspitze des Daniels.

„Wie lange ist das jetzt her, Neumann?", richtete er seine Frage an den Kollegen.

Dieser brauchte nicht lange zu überlegen.

„Fast sechs Jahre, Chef. Mir läuft es dabei heute noch kalt über den Rücken, wenn ich an den Abend denke, als wir dort vorn neben der Leiche des Türmers standen."

Peter Neumann deutete auf den Platz vor der St. Georgskirche, der in der Zwischenzeit umgestaltet wurde.

Ein Wasserspiel mit dreizehn Fontänen hatte man dort in das Altstadtpflaster integriert.

„Ganz spontan fiele mir jetzt ein, an dieser Stelle eine Gedenktafel für Markus Stetter anzubringen", meinte Neumann.

„Ich glaube kaum, dass der Nördlinger Oberbürgermeister ständig an diese dunkle Stunde in seiner Stadt erinnert werden möchte", antwortete Markowitsch.

Peter Neumann zuckte mit den Schultern.

„Aber Sie müssen doch zugeben, dass dies sicherlich ein Anziehungspunkt für den Tourismus wäre", forderte er die Zustimmung seines Vorgesetzten.

„Sie können diesen Vorschlag ja bei Gelegenheit an diesen Herrn Lauer weitergeben", kam es von Markowitsch zurück.

„Aber das verschieben wir auf später, mein Magen knurrt."

Er packte den Kollegen nun am Ärmel und dirigierte ihn zielsicher in die Richtung des Cafés, das sich unmittelbar gegenüber dem Eingang zum Turm befand.

12. Kapitel

Markowitsch's erster Anruf am folgenden Morgen galt Alfred Zacher.

Der Leiter der KTU hatte sich im Institut für Rechtsmedizin an der Uniklinik in München mit einigen Kollegen die vergangene Nacht um die Ohren geschlagen.

Nachdem man den Anruf ins Labor durchgestellt hatte, nahm der Polizeiarzt den Hörer vom Telefon.

„Wie haben Sie es denn nur so lange ohne Info ausgehalten, Markowitsch?", fragte Alfred Zacher mit einem Gähnen in den Hörer.

„Hab ich Sie etwa aus dem Bett geholt, Zacher?", kam die Frage des Hauptkommissars zurück.

„Ich wünschte, es wäre so", antwortete der Pathologe.

„Allerdings haben wir hier im Gegensatz zu Ihnen weder Zeit, noch Kosten oder Mühen gescheut."

Wieder vernahm Robert Markowitsch am anderen Ende der Leitung das typische Geräusch des Gähnens.

„Mein leichter Sauerstoffmangel rührt lediglich daher, dass ich die letzten Stunden damit verbracht habe, Ihnen ein paar interessante Details zusammenzutragen."

„Na, das ist doch endlich mal eine erfreuliche Nachricht, mein lieber Zacher", kam es aus dem

Hörer zurück.

„Schicken Sie mir ihre Ergebnisse zu, oder muss ich warten, bis Sie persönlich hier in Augsburg aufschlagen?"

„Ach Markowitsch", sagte Zacher mit leisem Lachen. „Sie gewöhnen sich wohl nie ans Zeitalter der Informationstechnologie, was?

Die Ergebnisse sind bereits in der Systemakte gespeichert. Sie müssen diese nur noch abrufen.

Wenn Sie irgendwelche Fragen dazu haben, können Sie mich gerne heute Nachmittag wieder erreichen.

Ich muss mich jetzt erst einmal ein paar Stunden aufs Ohr legen. War ein langer Tag gestern, mit einer noch längeren Nacht."

Ohne die Antwort von Robert Markowitsch abzuwarten, meinte Alfred Zacher noch:

„Falls Sie noch immer mit Bildschirm, Tastatur und Mouse auf Kriegsfuß stehen, Markowitsch, wenden Sie sich vertrauensvoll an ihren Kollegen Neumann.

Er wird Ihnen sicherlich auch das Wichtigste auf ein paar Seiten Papier ausdrucken.

Ich für meinen Teil benötige wie schon gesagt, jetzt erst mal ein paar Stunden Schlaf."

Das gleichmäßige Tuten, das Robert Markowitsch nun aus dem Hörer vernahm, zeigte ihm, dass Alfred Zacher das Gespräch beendet hatte.

Normalerweise war dies nicht seine Art, doch hatte Markowitsch in diesem Fall durchaus Verständnis dafür.

Nachdem er sich seit jeher vehement gegen einen

PC auf seinem Schreibtisch gewehrt hat, erhob sich der Hauptkommissar von seinem Platz und machte sich auf den Weg ins Büro nebenan, in dem Peter Neumann, wie Markowitsch es stets ausdrückte, sein digitales Unwesen trieb.

Er war heilfroh darüber, dass er mit ihm einen in seinen Augen, ausgesprochenen Fachmann auf diesem Gebiet an seiner Seite hatte.

Wenn es sein musste, verbrachte der Kollege nicht nur Stunden, sondern Tage und Nächte in der digitalen Welt, was sich oftmals schon mehr als nur hilfreich ausgezeichnet hatte.

Nicht immer hielt sich Peter Neumann dabei an die vorgeschriebenen Wege, doch bisher konnte er sich immer der Rückendeckung seines Vorgesetzten sicher sein.

Als der Leiter der Augsburger Mordkommission das Büro betrat, sah er Peter Neumann an seinem PC sitzen.

Dieser drehte sogleich seinen Kopf und blickte Robert Markowitsch über die Schulter hinweg an.

„Guten Morgen, Chef", legte er sogleich los. „Ich habe Sie schon erwartet.

Die Kollegen in München scheinen ja die Nacht über recht fleißig gewesen zu sein."

Er deutete mit der Hand auf den Bildschirm.

„Wir haben bereits eine ganze Menge an Informationen zur Verfügung, auch wenn ich mir im ersten Moment noch kein vollständiges Bild darüber machen kann."

„Guten Morgen, Neumann", antwortete Markowitsch, griff sich einen Stuhl vom Schreibtisch und zog diesen an den Computerarbeitsplatz heran.

„Ich habe vorhin bereits mit Zacher telefoniert.

Dann lassen Sie uns doch mal gemeinsam nachsehen, was unser Leichenfledderer so alles herausgefunden hat."

Gemeinsam studierten die beiden Kriminalbeamten nun die Einzelheiten, die ihnen von der KTU zur Verfügung gestellt wurden.

Die Beschaffenheit der Wundränder sowie der Halswirbel lässt darauf schließen, dass mindestens zwei Hiebe mit einer scharfen Klinge ausgeführt wurden, um den Kopf vom Rumpf zu trennen.

Des Weiteren liegt eine Verletzung des hinteren Schädelknochens vor, welche darauf schließen lässt, dass die Frau bereits ohne Bewusstsein war, als der Kopf vom Rumpf abgetrennt wurde.

Hämatome an den Oberarmen und Handgelenken, sowie fremde Hautpartikel unter den Fingernägeln deuten auf eine Auseinandersetzung zwischen der Toten und einer weiteren Person hin.

Das Ergebnis der DNA-Analyse liegt in ca. 24 Stunden vor.

Die Vielzahl von Fingerabdrücken in der Umgebung des Fundortes lassen im ersten Moment keine detaillierten Rückschlüsse auf die Tat zu, da es sich hier um ein öffentlich zugängliches Gebäude handelt.

Ein Abgleich mit der zentralen Datenbank wurde in Auftrag gegeben.

Hinweise darauf, ob die Tatwaffe aus den Beständen des Museums stammt, gibt es derzeit noch nicht.

Robert Markowitsch drehte sich auf seinem Stuhl vom Bildschirm weg und erhob sich.

Nachdenklich ging er einige Schritte im Büro auf und ab, bevor er hinter dem Stuhl von Peter Neumann stehen blieb und über dessen Kopf hinweg auf den Bildschirm des Computers blickte.

„Das ist alles schön und gut, Neumann", meinte er, „bringt uns aber momentan keinen großen Schritt weiter."

Er deutete auf die elektronische Akte.

„Nichts Handfestes dabei. Im Moment bleibt uns also nur abzuwarten, was die weiteren Ergebnisse der DNA ergeben.

Nachdem wir allerdings bisher überhaupt keinerlei Anhaltspunkte für ein Tatmotiv haben, werden wir wohl mal wieder kriminalistische Kleinarbeit leisten müssen."

Peter Neumann drehte sich mitsamt seinem Stuhl herum, ließ sich tief in den Sitz rutschen und meinte grinsend:

„Klar, Chef. Damit verdienen wir schließlich unsere Brötchen.

Ich werde mich am besten sofort auf den Weg ins Nördlinger Krankenhaus machen, um diese Pflegedienstleitung aus dem Seniorenheim zu befragen."

Robert Markowitsch konnte sich ein leises Lächeln nicht verkneifen.

„Den Vorschlag haben Sie gestern schon gebracht, Neumann. Die junge Dame hat es Ihnen wohl angetan, oder?"

„Ach woher", winkte Neumann spielerisch ab.

„Aber nachdem sie dem ersten Anschein nach etwa in meinem Alter ist, dachte ich mir, dass die

Konversation vielleicht etwas leichter vonstattengehen könnte."

„Sie sollen aber mit dieser Frau keine harmlose Unterhaltung führen, mein lieber Neumann.

Es geht dabei schließlich um die Vernehmung in einem Mordfall."

Peter Neumann nahm nun wieder eine aufrechte Sitzposition ein.

„Außerdem glaube ich nicht", fuhr Markowitsch sogleich fort, „dass das Ergebnis einer Befragung vom Altersunterschied abhängig sein dürfte.

Immerhin habe ich Ihnen gegenüber einige Jahre an Erfahrung voraus."

Peter Neumann hob beschwichtigend beide Arme.

„Um Himmels Willen, Chef. War auch gar nicht meine Absicht, dies infrage zu stellen.

Ich dachte nur, dass es Frau Kahling einem jüngeren Beamten gegenüber etwas leichter fällt, sich zu den schrecklichen Ereignissen zu äußern."

„Pah. Jüngerer Beamter", wiederholte Markowitsch mit gespielter Empörung, steckte beide Hände in die Hosentaschen und legte dabei bewusst eine kurze Überlegungspause ein, bevor er antwortete.

„Na gut. Vielleicht haben Sie ja recht mit Ihrer Annahme.

Aber denken Sie daran, Neumann: Persönliche Gefühle haben in einer Mordermittlung nichts zu suchen. Auch wenn's schwerfällt."

„Keine Sorge", gab Peter Neumann zur Antwort. „Ich kann Privates und Berufliches sehr gut voneinander trennen."

Der Hauptkommissar lächelte wohl wissend.

„Auch wenn es zwei hübsche Beine hat und Röcke trägt?"

„Auch dann, Chef", gab Peter Neumann zurück.

„Jedenfalls so lange, bis der Fall abgeschlossen ist", fügte er noch augenzwinkernd hinzu."

Markowitsch zog die rechte Hand aus der Tasche, legte sie Peter Neumann auf die Schulter und sprach:

„Na los, nun hauen Sie schon ab. Aber vorher machen Sie mir noch einen Termin bei diesem Nördlinger Tourismusmenschen.

Wie hieß der gleich wieder?"

„Lauer", gab Peter Neumann zur Antwort. „Oliver Lauer.

Aber mal eine Frage, Chef: Seit wann bitten Sie jemanden wegen einer Vernehmung um einen Termin?"

„Auch wieder wahr", pflichtete Markowitsch seinem Kollegen bei.

„Also melden Sie mich um vierzehn Uhr an.

Oder nein: Bestellen Sie Herrn Lauer um vierzehn Uhr hierher ins Präsidium. Dann habe ich wenigstens noch etwas Zeit, um in Ruhe Mittag zu essen."

„Alles klar, Herr Kommissar", grinste Peter Neumann und nahm dabei die Haltung des verstorbenen österreichischen Sängers Falco ein.

„Kindskopf", meinte Robert Markowitsch nur und machte sich auf den Weg zurück in sein Büro.

Kaum dass er auf den Flur getreten war, kam ihm eine Mitarbeiterin des Sekretariats entgegen und übergab ihm eine Notiz.

Markowitsch bedankte sich, öffnete die Türe zu seinem Büro und setzte sich an seinen Schreibtisch.

Ein Blick auf den Notizzettel zeigte ihm, dass Christine Akebe dringend um seinen Rückruf gebeten hatte.

Bilder des vergangenen Tages durchzogen rasend schnell durch Gedanken.

Frank Berger, der Augsburger Oberstaatsanwalt, der ihm von den Fundstücken im Nördlinger Stadtmuseum erzählt hatte.

Der enthauptete Leichnam in Nördlingen.

Die Gegenstände auf dem Schreibtisch des Museumsbüros, die ihm, Frank Berger und auch Peter Neumann so bekannt vorkamen.

Er erkannte den gequälten Gesichtsausdruck Christine Akebes vor sich, sah sich auf dem Dachboden des Hauses von Doktor Michael Akebe …

Von einer Sekunde auf die andere beschleunigte sich der Puls des Hauptkommissars und er spürte, wie sich seine Nackenhaare aufstellten.

Dies war für den erfahrenen Kripobeamten ein untrügliches Zeichen höchster Anspannung.

Er griff zum Telefonhörer und wählte die auf dem Zettel notierte Nummer.

In Gedanken zählte Markowitsch mit, wie oft es am anderen Ende der Leitung klingeln musste.

Acht, neun, zehn … bis letztendlich nur das kurz aufeinanderfolgende Tut, Tut, Tut zu hören war, welches ihm andeutete, dass Christine Akebe den Hörer nicht abnahm, abnehmen wollte, oder …

… abnehmen konnte!

Verdammt, warum geht sie nicht ran?
Markowitsch's innere Alarmglocken schrillten.

Wie von einer Tarantel gestochen knallte er den Hörer zurück auf das Telefon, sprang von seinem Platz hinter dem Schreibtisch auf und warf dabei fast den Stuhl um.

Robert Markowitsch eilte zur Tür, riss diese auf und hoffte inständig, dass Peter Neumann noch nicht aus dem Haus war.

Als er auf den Gang hinaus eilte, sah er gerade noch, wie sein Kollege um die Ecke bog.

„Neumann", rief er ihm laut hinterher.

Dieser blieb abrupt stehen, drehte sich um und sah den Hauptkommissar auf sich zu eilen.

„Was ist denn mit Ihnen los?", kam die erstaunte Frage aus seinem Mund.

„Sie sehen aus, als wäre Ihnen der Tod persönlich begegnet."

„So ähnlich könnte man es ausdrücken, Neumann", antwortete Markowitsch gehetzt und packte seinen Kollegen am Arm.

„Nun stehen Sie nicht so da wie ein festgewachsenes Bonsaibäumchen.

Wir müssen nach Nördlingen, und zwar auf dem schnellsten Weg."

„Dorthin war ich gerade unterwegs", gab Peter Neumann zurück und schickte sogleich eine Frage hinterher.

„Wollten Sie nicht im Präsidium bleiben, um diesen Herrn Lauer zu vernehmen?"

„Das hat Zeit, Neumann. Der läuft mir nicht davon.

Im Moment habe ich so eine böse Vorahnung, als gäbe es etwas Wichtigeres zu erledigen."

Robert Markowitsch drängte sich durch die Tür zum Treppenhaus.

„Frau Akebe hat versucht mich zu erreichen und dringend um Rückruf gebeten.

Allerdings ging sie nicht ans Telefon, als ich zurückgerufen habe.

Mein Bauchgefühl sagt mir, dass da irgendetwas nicht stimmt.

Also trödeln Sie nicht rum und kommen Sie endlich. Wir müssen los."

13. Kapitel

Christine Akebe lief unruhig in ihrer Wohnung auf und ab.

Wie die Meisten, so hatte auch sie im Laufe des vergangenen Tages von den schrecklichen Ereignissen im Stadtmuseum erfahren.

So etwas lässt sich in einer Stadt wie Nördlingen nicht lange verheimlichen.

Frau Karrer. Tot. Auf grausame Art hingerichtet.

Christine schauderte. Sie fühlte die Eiseskälte ihren Rücken hinab laufen, obwohl es an diesem Morgen bei Weitem nicht so kalt war wie in den vergangenen Tagen.

Was kann sich da nur abgespielt haben?

Nur kurze Zeit vorher hatte sie sich mit Martina Karrer noch getroffen, nachdem sie sich über ihr Anliegen unterhalten hatten.

Die Leiterin des Nördlinger Stadtmuseums hatte sich nach Rücksprache mit Oliver Lauer, dem Leiter des Nördlinger Tourismusvereins bereit erklärt, die Gegenstände aus dem Nachlass von Christines verstorbenem Sohn, Doktor Michael Akebe, entgegenzunehmen.

Sie beauftragte einen Mitarbeiter, dabei behilflich zu sein, die Kiste mit den Nachlassstücken vom Dachboden in ihr Büro im Museum zu bringen.

Dort wollte sie all die Dinge, über deren Bedeutung sie Christine aufgeklärt hatte, inventarisieren, um sie zu einer kleinen Ausstellung zusammenzufügen.

Über ein genaues Konzept wollte sie sich noch Gedanken machen, da zunächst die geplante Sonderausstellung fertig gestellt werden musste.

Und nun?

Aus. Vorbei. Grausam hatte das Schicksal zugeschlagen.

Christine horchte tief in sich hinein.

War es wirklich Schicksal, dass Martina Karrer so aus dem Leben scheiden musste?

Oder war es nur Zufall, so kurz, nachdem sie ihr Michaels Sachen übergeben hatte?

Sie konnte sich keinen Reim darauf machen.

Das Läuten der Türglocke riss die Frau aus ihren Gedanken.

Sie öffnete die Tür und sah, ihr den Rücken zugewandt, einen hochgewachsenen Mann davor stehen.

Nur Sekundenbruchteile benötigte Christine, um anhand der Hautfarbe ihres Gegenübers zu registrieren, dass sie sich einem Unbekannten gegenüber befand.

Als er sich langsam umdrehte, glaubte sie, einer Sinnestäuschung zu unterliegen.

Wie ein eiskalter Windhauch streifte das Aussehen des Mannes ihre Seele.

Eine Mischung aus Überraschung, Freude, Wehmut und Trauer ergriff in diesem Augenblick Besitz von ihr.

Innerhalb weniger Augenblicke sah sie sich um viele Jahre in die Vergangenheit zurückversetzt, denn vor ihr stand ihr Mann!

Abedi Akebe.

Christine schüttelte ungläubig den Kopf. Das konnte nicht sein.

Abedi war tot. Schon seit vielen Jahren.

Sie fühlte ihr Herz schlagen. Immer höher kam der Pulsschlag.

Christine schluckte schwer, war kurz davor in Tränen auszubrechen und spürte dabei nicht, wie ihre Beine nachgaben.

Kurz bevor sie endgültig den Halt verlor und zu Boden sinken drohte, trat der Mann einen Schritt nach vorn und fing sie ab.

Komplett durcheinander nahm Christine Akebe wie durch einen Nebelschleier wahr, dass sie von einem starken Arm gestützt in ihr Wohnzimmer geführt wurde.

Dort ließ der Mann sie langsam in einen Sessel gleiten und nahm ihr gegenüber Platz.

Sekunden, Minuten, Stunden später, sie hatte in dieser Situation kein Zeitgefühl, brach die Frage aus ihr heraus.

„Wer sind Sie? Was wollen Sie von mir?"

Der Mann richtete sich etwas aus seiner Sitzposition auf.

Er antwortete in etwas gebrochenem, aber doch verständlichem Deutsch.

„Tut mir leid, wenn Sie sich so erschrocken haben wegen mir."

Die Geste seiner Hände deutete Christine Akebe in diesem Moment als eine Mischung aus hilflos und entschuldigend.

Langsam hatte sie ihre durcheinandergewirbelten

Gefühle wieder unter Kontrolle.

Sie wiederholte ihre Frage von vorhin.

„Wer sind Sie? Was wollen Sie von mir?"

Der Blick des ihr gegenübersitzenden Besuchers schien an ihr vorbei in weite Ferne zu gehen, als er antwortete.

„Um das zu verstehen, muss ich etwas zurückgehen", meinte er vielsagend.

Christine erhob sich, ging in die Küche und kehrte kurz darauf mit einer Flasche Wasser und zwei Gläsern zurück.

Sie stellte diese auf dem Wohnzimmertisch ab und schenkte das sprudelnde Getränk ein.

Nachdem sie wieder Platz genommen hatte, schob sie ihrem unbekannten Gast eines der Gläser entgegen.

„Erzählen Sie. Ich möchte verstehen, weshalb Sie hier sind und vor allem, warum Sie meinem verstorbenen Mann so ähnlich sehen."

Nach diesem Satz aus ihrem Mund schien der Unbekannte mit einem Mal zu verstehen, weshalb die Frau vorhin so seltsam auf sein Erscheinen reagiert hatte.

Ihm fiel eine Situation ein, in der ihn seine Mutter in einem ihrer Fieberträume mit dem Namen seines Vaters, nein, seines Erzeugers, ansprach.

„Mein Name ist Baako", begann er zu sprechen, während er nach dem Wasserglas griff und einen Schluck daraus trank.

In den folgenden fast eineinhalb Stunden erfuhr Christine Akebe alles, was für ihr Verständnis über das so plötzliche Auftauchen des Mannes wichtig war.

Sie schüttelte mehrmals ungläubig den Kopf darüber, dass Abedi ihr von seinem Verhältnis zu Baakos Mutter nichts erzählt hatte.

War sein Vertrauen in sie so gering, dass er ihr dies verschweigen musste?

Doch Baako konnte sie in dieser Beziehung beruhigen.

Er erklärte ihr, dass Abedi Akebe nichts von seiner Existenz geahnt haben konnte, da seine Mutter es bewusst verschwiegen hatte.

Am Ende seiner Erklärung herrschte für einige Augenblicke Stille im Wohnzimmer, die Christine schließlich mit einer weiteren Frage durchbrach.

„Warum sind Sie nun hierhergekommen? Wollen Sie Anspruch auf das Erbe ihres verstorbenen Vaters erheben?

Dann muss ich Sie leider enttäuschen.

Wir hatten zwar ein ganz gutes Auskommen mit dem, was Abedi als Arzt verdiente, Reichtümer konnten wir jedoch nicht ansammeln.

Ich habe lediglich eine Witwenrente. Das Geld aus der Versicherung ist längst aufgebraucht.

Also: was führt Sie hierher?"

Baako überlegte.

Wie sollte er seinen Anspruch, den es in seinen Augen nach Aussage seiner Mutter sehr wohl gab, nun dieser Frau gegenüber verständlich formulieren?

„Ich bin nicht gekommen um Geld von Ihnen zu verlangen", versuchte er Christine Akebe zu beruhigen.

„Aber ja: Es gibt ein Erbe meines Vaters, das ich beanspruche."

Christine überlegte eine Weile.

Ein Erbe Abedis?

Was könnte das sein?

Doch so sehr sie auch darüber nachdachte, es kam ihr nichts in den Sinn.

„Sie müssen mir schon weiterhelfen", meinte sie fast schon entschuldigend.

„Ich kann mir beim besten Willen nicht vorstellen, worum es bei Ihrem Erbanspruch gehen sollte."

Baako ließ einige Augenblicke verstreichen, schien nach den richtigen Worten zu suchen.

Schließlich sagte er:

„Das Schwert."

Christine sah ihn ungläubig an, ganz so, als hätte sie etwas nicht richtig verstanden.

„Das Schwert?", wiederholte sie fragend.

Baako nickte vielsagend.

„Ja", bekräftigte er seine Forderung.

„Das Schwert der Yoruba. Als Erstgeborener bin ich der rechtmäßige Erbe unseres Stammes-Schwertes."

Christine Akebe brauchte nur einige Sekunden des Nachdenkens, um zu erkennen, von welchem Schwert dieser Baako sprach.

Erst kürzlich hatte sie es in den Händen, gemeinsam mit all den anderen Dingen, die sich in Michaels Truhe auf dem Dachboden befunden haben.

Das Stammes-Schwert, das Abedi traditionsgemäß an seinen Erstgeborenen weiter vererbt hatte.

Dieses fast schon heilige Kleinod, das Michael

stets wie seinen Augapfel gehütet und gepflegt hatte, im Bewusstsein darüber, seiner Pflicht als Erstgeborener nachzukommen.

Erstgeborener durchfuhr es Christine in diesem Moment.

Michael war also gar nicht Abedis Erstgeborener. Auch wenn ihm und ihr dies nicht bekannt gewesen war.

Und nun kam dieser Baako wie aus heiterem Himmel hier an, um Anspruch auf dieses Erbstück zu erheben?

Christines Gefühle drohten sich zu überschlagen. Das Erbe ihres geliebten Mannes bzw. ihres Sohnes einfach so aus den Händen zu geben?

Nein, das konnte sie nicht. Das wäre ja wie …

Christines Gedanken stoppten schlagartig, als sie mit einem Mal an Martina Karrer denken musste.

Dadurch wurde es ihr bewusst, dass sie dieses Schwert mit all den anderen Gegenständen ja längst aus ihren Händen gegeben hatte.

Sie wollte nach all den Jahren durch diese Sachen nicht mehr daran erinnert werden, mit welchem Leid sie in Zusammenhang standen.

Überhaupt: Was würde geschehen, wenn Baako diese Dinge in seinen Händen hielt?

Würde er sie im Zweifelsfall, wie Michael, zu seinem eigenen Vorteil missbrauchen?

Würde er anderen Menschen dadurch Schaden zufügen, sie sogar töten?

Die Gefühle der Vergangenheit drohten wieder Besitz von ihr zu ergreifen.

Christine schüttelte sich.

Nein! Es war in ihren Augen schon die richtige Entscheidung, diesen Lauf zu unterbrechen.

Allerdings würde sie ihrem Besucher gegenüber keine Andeutungen machen.

Er sollte nichts von den unsäglichen Taten seines Halbbruders erfahren.

Wobei Christine bezweifelte, ob er es nicht längst schon wusste.

Sie nannte ihm nur belanglose kulturelle Gründe dafür, weshalb sie Michaels Nachlass an das Museum abgegeben hatte.

Baako schienen diese Erklärungen weit weniger zu interessieren, als die Tatsache selbst, dass er scheinbar auf das Erbe seines Stammes verzichten sollte.

Zunächst reagierte er etwas ungläubig, dann ungehalten und letztendlich wütend darüber, was Christine Akebe ihm erzählte.

„Das war nicht richtig", wiederholte er immer wieder.

„Das war nicht richtig, dass meine Mutter durch Sie ihren Mann verlor.

Dass sie wohl deshalb so krank und so früh aus dem Leben gerissen wurde.

Dass Sie jetzt auch noch das Erbe meines Vaters entweiht haben.

Das war nicht richtig."

Fast körperlich konnte die Frau die persönliche Abneigung spüren, die ihr von Baako in den letzten Minuten entgegengebracht wurde.

Sollte sie ihn darüber aufklären, was in der vorletzten Nacht im Museum geschehen ist?

Von einer Sekunde auf die nächste durchfuhr sie ein grausamer Gedanke.

Was, wenn Baako bereits davon wusste?

Was, wenn er …

Alles in Christine sträubte sich dagegen, diesen Gedanken zu Ende zu bringen.

Sie wollte nur noch eines: Ihren ungebetenen Gast schnellstmöglich wieder loswerden.

Auch wenn er ein Kind ihres geliebten Abedi war. Die beiden schienen nichts, aber auch gar nichts gemeinsam zu haben.

„Wo befindet sich das Schwert jetzt?", wurde Christine aus ihren inzwischen schon beinahe ängstlichen Gedanken gerissen.

Er fragte nach dem Verbleib des Schwertes? Wusste er es wirklich nicht, oder wollte er sie nur in Angst versetzen?

Christine Akebe entschloss sich zu einem Ausweg.

Sie nannte ihm den Namen Oliver Lauers und erklärte ihm die Zuständigkeit des Mannes in Nördlingen.

Nachdem Baako diese Information erhalten hatte, erhob er sich ohne ein weiteres Wort zu verlieren von seinem Platz und verließ mit einem kurzen Blick auf Christine deren Wohnung.

Diese saß noch lange auf ihrem Platz und dachte über das soeben Geschehene nach.

Sie wusste die ganze Geschichte dieses Baako nicht richtig einzuschätzen.

Was hatte er vor?

Minuten später hatte sich die Frau dazu entschlossen, ihre aufkommenden Befürchtungen wohl besser an die richtige Adresse weiter zu geben.

Sie suchte aus einem kleinen Kästchen in einer Kommode eine Visitenkarte hervor, ging zum Telefon und wählte die Nummer des Augsburger Kriminalkommissariats.

Nachdem man ihr mitgeteilt hatte, dass Robert Markowitsch momentan nicht in seinem Büro zu erreichen sei, bat sie die Dame am anderen Ende der Leitung dringend um dessen Rückruf.

Christine nagte nervös an ihrer Unterlippe, als sie plötzlich erneut das Läuten der Türglocke vernahm.

14. Kapitel

Kurz nach fünfzehn Uhr machte sich Alfred Zacher auf den Weg nach Augsburg.

Er hatte eigentlich während seiner kurzen Ruhepause damit gerechnet, dass ihn ein ungeduldiger Kriminalhauptkommissar aus seinem wohlverdienten Schlaf reißen würde.

Umso mehr war er darüber verwundert, dass sein Handy stumm geblieben war.

Er hatte den Kollegen der Augsburger Kripo in der vergangenen Nacht mit seinem Team zwar einige Informationen bereitstellen können, das Ergebnis des DNA-Tests stand jedoch noch aus.

Ein kurzer Anruf in der KTU brachte dem Polizeiarzt nun die Gewissheit, dass dieser genetische Fingerabdruck, wie man den DNA-Test auch bezeichnete, inzwischen vorlag und in die elektronische Kartei übertragen wurde.

Es galt nun, diese Daten mit den gespeicherten Informationen aus der Kartei des Bundeskriminalamts zu vergleichen.

Sollte die Person, der diese Hautpartikel zuzuordnen sind, jemals kriminaltechnisch erfasst worden sein, so würden in kürzester Zeit die entsprechenden Informationen vorliegen.

Alfred Zacher konnte sich bildlich vorstellen, wie Robert Markowitsch voller Ungeduld hinter seinem Kollegen Peter Neumann stehen würde, um diesem bei seiner Lieblingsbeschäftigung, der Arbeit am

Polizeicomputer, über die Schulter zu schauen.

Eine gute Stunde Fahrtzeit später lenkte Zacher seinen Wagen auf den Hof des Augsburger Polizeikommissariats in der Gögginger Straße.

Nachdem er kurz darauf das Gebäude betreten hatte und sich auf den Weg zum Büro von Robert Markowitsch machte, klingelte sein Handy.

Ein Blick auf das Display zeigte ihm, dass der Anrufer scheinbar Gedanken lesen konnte.

Zacher drückte die grüne Taste, um das Gespräch anzunehmen.

„Markowitsch. Was für ein Zufall. Gerade habe ich an Sie gedacht. Sie werden es mir nicht glauben, aber ich bin nur noch wenige Schritte von Ihrer Bürotür entfernt.

Den Anruf hätten Sie sich diesmal sparen können."

„Hätte ich nicht, Zacher", kam die etwas gehetzte Antwort des Kriminalhauptkommissars zurück.

„Wenn Sie gleich mein Büro betreten wollen, werden Sie feststellen, dass die Tür verschlossen ist, weil ich nämlich gar nicht drin bin."

Alfred Zacher konnte sich ein kleines Lästern nicht verkneifen.

„Der Uhrzeit nach finde ich Sie dann in der Innenstadt in Ihrem Lieblingscafé beim Cappuccino schlürfen?"

„Wofür halten Sie mich, Zacher? Ich nehme mal an, dass Sie inzwischen ausgeschlafen haben und gierig darauf warten, dass Sie was zu tun kriegen.

Also schnappen Sie sich jetzt ein paar Kollegen, setzen sich ins Auto und kommen auf dem schnellsten Weg nach Nördlingen."

„Was soll das, Markowitsch?", fragte Zacher.

„Da waren wir erst gestern, und dieser Einsatz war beileibe nicht der angenehmste."

„Kann ich mir vorstellen", antwortete Markowitsch, „und diesmal wird es nicht weniger unangenehm werden."

Alfred Zacher merkte, dass dem Hauptkommissar trotz versuchter Flachserei das Sprechen schwer zu fallen schien.

Irgendein Wahnsinniger scheint hier in Nördlingen den Henker zu spielen.

Also beeilen Sie sich, denn in Kürze wird hier die Hölle los sein."

15. Kapitel

Robert Markowitsch hatte es sich auf Grund seines Bauchgefühls nicht nehmen lassen, den gesamten Weg mit eingeschaltetem Blaulicht und Martinshorn zu fahren.

So wurde die Strecke nach Nördlingen in kürzester Zeit zurückgelegt.

Auch die Baustelle am gesperrten Reimlinger Tor bildete auf Grund des gestrigen Besuchs kein großes Hindernis.

So stiegen die beiden Beamten nach nur einer drei viertel Stunde vor der Wohnung von Christine Akebe aus dem Wagen.

Peter Neumann drückte mehrmals hintereinander auf die Türglocke, eine Reaktion darauf blieb jedoch aus.

„Keiner da", meinte Neumann schulterzuckend und erntete dafür einen strafenden Blick seines Vorgesetzten, der nun seinerseits mehrmals die Klingel betätigte.

Nachdem auch diesmal niemand in der Wohnung auf das Läuten reagierte, meinte Markowitsch mit einem entschlossenen Blick auf Peter Neumann:

„Mein Gefühl sagt mir, dass hier was nicht stimmt. Selbst auf die Gefahr hin, dass ich mich blamiere: wir gehen da jetzt rein, Neumann."

Er trat einen Schritt zur Seite und nickte dem Kollegen zu.

„Das wollte ich immer schon mal machen",

meinte dieser, drehte sich seitlich und trat mit voller Wucht gegen das Türschloss.

Markowitsch vernahm das Krachen, sah jedoch, dass die Türe dem Tritt seines Kollegen nicht nachgab.

Peter Neumann sah den fragenden Blick in Markowitsch's Gesicht.

Er nahm drei, vier Schritte Anlauf, atmete einmal tief durch und warf seinen durchtrainierten Körper mit einem Schrei gegen die Tür.

Diese hatte dem Ansturm roher Gewalt nun nichts mehr entgegenzusetzen.

Das Schloss brach aus der Zarge und die Tür knallte mit einem lauten Krachen gegen die Wand.

Peter Neumann stürzte in den Flur bis fast gegen die nächste Türe, die zum Glück jedoch etwas offen stand.

Er konnte sich allerdings nicht mehr abfangen, stolperte einmal und fand sich Sekunden später auf dem Boden liegend wieder.

Einen Moment lang verhielt er in dieser Position, um zu verschnaufen, drehte seinen Kopf nach hinten und sah Markowitsch den Raum betreten.

Robert Markowitsch blieb mit einem Mal kurz vor Peter Neumanns ausgestreckten Beinen stehen, wobei dieser beobachten konnte, wie sich die Gesichtsfarbe seines Chefs zunehmend in ein aschfahles Grau verwandelte.

Als sich der am Boden liegende langsam aufrappelte, spürte er die Feuchtigkeit an seinen Händen.

Blut!

„Scheiße", rief er. „Das hat jetzt gerade noch gefehlt."

Intensiv betrachtete er sich seine Handflächen und suchte nach der Verletzung, konnte jedoch auf den ersten Blick nichts feststellen.

Auch verspürte er keinen besonderen Schmerz, der auf eine Wunde hindeuten würde.

„Scheint halb so schlimm zu sein", meinte er beruhigend zu Markowitsch, der noch immer unbeweglich und starr neben ihm stand und an ihm vorbei ins Wohnzimmer blickte.

„Das sagen Sie mal besser nicht, Neumann", würgte Markowitsch seine fast tonlose Antwort heraus.

Peter Neumann verstand im ersten Moment scheinbar nicht, was sein Chef damit sagen wollte.

Er drehte den Kopf und folgte so mit seinen Augen dem nun ausgestreckten Arm von Robert Markowitsch.

Das, was er dann zu sehen bekam, bescherte ihm das unangenehme Gefühl, sich augenblicklich übergeben zu müssen.

Ungläubig betrachtete er nochmals seine vermeintlich verletzte Hand.

Dann registrierte er mit einem Mal, dass das Blut, das sprichwörtlich an seinen Fingern klebte, nicht sein eigenes war, denn die weit aufgerissenen Augen Christine Akebes starrten ihn aus deren blutverschmiertem Schädel an.

Doch nicht der Tod allein war es, der die beiden Beamten in diesem Augenblick einen unsagbaren Schrecken lehrte.

Nein, es war die Tatsache, dass sich dieser Schädel nicht mehr auf dem Körper der Frau befand, sondern abgetrennt ein ganzes Stück daneben lag.

Peter Neumann sah sich nicht in der Lage, sich von diesem Anblick abzuwenden.

Er konnte im Nachhinein nicht mehr sagen, ob es Sekunden oder Minuten waren, die ihn in diesem bizarren Bild gefangen hielten.

Ein blutüberströmter Körper, der abgetrennte Kopf und unzählige Blutspritzer, die sich am Boden und an der Wand befanden.

Dies alles stellte sich ihm wie eine schreckliche Szene aus einem Horrorfilm dar.

Erst als Neumann wie durch einen Nebelschleier die Stimme seines Vorgesetzten vernahm, kehrten seine Sinne wieder zurück und er musste feststellen, dass es sich hier sehr wohl um grausame Realität handelte.

16. Kapitel

Nördlingens Oberbürgermeister Martin Steger war etwas ungehalten an diesem Vormittag.

Nicht nur darüber, weil ihn der zuständige Leiter für den Nördlinger Tourismus warten ließ.

Er horchte nun mit zunehmender Ungläubigkeit auf die Erklärungen, die ihm Oliver Lauer in seinem Büro darlegte.

„Und Sie glauben wirklich, dass der Stadtrat Ihrem Vorhaben zustimmen würde, Herr Lauer?

Nicht genug, dass uns dieser wahnsinnige Doktor Akebe damals mehr als unrühmliche Schlagzeilen beschert hat.

Jetzt wollen Sie diese makabre Geschichte auch noch dem Rest der Welt preisgeben, indem Sie das in unserem Museum ausstellen?

Entschuldigen Sie bitte meine derbe Ausdrucksweise, aber ich denke, dass Sie nicht alle Tassen im Schrank haben."

Martin Steger hatte sich bei seinem letzten Satz von seinem Platz erhoben, steckte die linke Hand in seine Hosentasche.

Er ging um seinen Schreibtisch herum auf Oliver Lauer zu und unterstrich dabei aufgeregt mit der rechten Hand seine Worte, indem er sich vor dem Gesicht auf und ab wischte.

Oliver Lauer, Nördlingens zuständiger Tourismusleiter, schluckte den verbalen Angriff kommentarlos.

Er war darauf bedacht, den OB zu besänftigen.

„Die Besucherzahlen der letzten drei Jahre stagnieren zusehends, Herr Steger", versuchte er ihn zu beruhigen.

„Als mich Martina Karrer dann darüber informierte, dass Frau Akebe den Nachlass ihres Sohnes aus den Händen geben wollte, sah ich dies als Chance, die Sensationslust der Touristen zu unseren Gunsten auszunutzen."

Lauer setzte sich an den Rand des Schreibtisches, bevor er mit seinen Ausführungen fortfuhr.

„Ich hatte mir bereits eine entsprechende Marketingstrategie zurechtgelegt.

Eine Erweiterung unserer Informationsbroschüre war bereits in Vorbereitung.

Versuchen Sie doch einmal, das Ganze aus meiner Sicht zu betrachten, verehrter Herr Oberbürgermeister.

Welche Stadt in Deutschland kann schon mit Todesfällen aufwarten, die unter solch zweideutigen Umständen zustande gekommen sind?

Das Angebot von Frau Akebe spielte mir das Ganze doch geradezu in die Hände.

Ich sehe es als meine Aufgabe an, die Besucherzahlen unserer Stadt nicht nur zu halten, sondern möglichst noch zu steigern.

Wir haben Touristen aus aller Herren Länder zu Gast.

Nicht zu Unrecht, zugegeben. Aber das Rieskratermuseum, die Stadtmauer mit ihren Toren und der Alten Bastei oder auch St Georg mit dem Daniel sind doch langsam ausgelutscht.

Wir brauchen dringend frischen Wind in der Riesmetropole, wenn wir das noch länger sein wollen."

Erwartungsvoll schaute Oliver Lauer in das Gesicht des Oberbürgermeisters, das nach wie vor jede Menge an Zweifel ausstrahlte.

Martin Steger konnte sich mit diesen Gedanken einfach nicht anfreunden.

„Sie sind also der Meinung", fragte er mit sarkastischem Unterton nach, „dass wir Leid und Schicksal der Verstorbenen zu einer Touristenattraktion ausschlachten sollen?

Von den Gefühlen der Hinterbliebenen einmal ganz zu schweigen."

Martin Steger vollführte eine wegwerfende Handbewegung.

„Sind Sie noch recht bei Trost, Herr Lauer?

Wie sollte ich so etwas dem Stadtrat und in erster Linie wohl den Bürgern gegenüber rechtfertigen?"

Oliver Lauer zuckte jedoch nur mit den Schultern.

„Gegenwind werden wir bei vielen Projekten hinnehmen müssen, Herr Steger", meinte er etwas leidenschaftslos.

„Denken Sie nur an den neuen Brunnen, den wir vor dem Daniel gebaut haben.

Oder an das neue Pflaster, das gerade in einem Großteil der Altstadt verlegt wird.

Nicht jeder in Nördlingen und Umgebung ist mit diesen Maßnahmen einverstanden und schreit mit Begeisterung Hurra.

Aber es war letztendlich ein Mehrheitsbeschluss und wird sich früher oder später schon in den Köpfen der Bewohner einnisten."

Martin Steger schien sich durch die Ausführungen seines Mitarbeiters etwas zu beruhigen.

Dennoch konnten sie seine Zweifel noch nicht ganz ausräumen.

„Das sind zwei grundverschiedene Ansätze, Herr Lauer", gab er zu bedenken.

„Die durchgeführten Sanierungs- bzw. Modernisierungsmaßnahmen dienen in erster Linie dem Ansehen unserer Stadt und somit auch dem Wohl ihrer Bürger."

Oliver Lauer nahm diesen roten Faden mit Dankbarkeit auf.

„Für diese Maßnahmen braucht es aber auch das entsprechende Kleingeld aus dem Steuersäckel dieser Stadt, Herr Steger.

Soviel ich weiß, spielen dabei die Einnahmen aus dem Tourismus eine nicht ganz unerhebliche Rolle."

„Damit haben Sie leider nicht ganz unrecht", musste das Nördlinger Stadtoberhaupt nach einer kurzen Überlegungspause zustimmen.

„Allerdings sitzt mir der Schock von gestern noch in den Knochen.

Ich weiß gar nicht, wie ich das in der Öffentlichkeit vertreten soll.

Da marschiert so ganz einfach irgendein Wahnsinniger in unser Stadtmuseum und bringt auf eine unvorstellbar grausame Art und Weise unsere Frau Karrer um.

Wahnsinn. Wahnsinn."

Martin Steger schlug sich mit der Hand gegen seine Stirn.

Oliver Lauer indes sah mit betretener Mine auf die gegenüberliegende Wand.

„Zugegeben, Herr Steger, das ist eine schlimme Geschichte und sie sollte mit aller Härte von der Polizei verfolgt und aufgeklärt werden.

Vorausgesetzt natürlich, dass man den Täter findet.

Selbstverständlich werde ich in keiner Weise bis dahin auch nur den kleinsten Versuch unternehmen, die Gefühle irgendwelcher Betroffenen zu verletzen."

„Das will ich Ihnen aber auch geraten haben", bestätigte Martin Steger die Aussage des Tourismusleiters.

„Nichts könnte in dieser Situation unserem Ansehen mehr schaden, als eine dermaßen überzogene Taktlosigkeit.

Aber ich bin mir sicher, dass dieser Markowitsch von der Augsburger Kripo mit seinen Kollegen den Fall schon irgendwie lösen wird.

Was mir bei diesem Mann nur unheimlich auf die Nerven geht, ist die Tatsache, dass man mich als Oberbürgermeister dieser Stadt nicht ständig auf dem Laufenden hält.

Ich glaube, da muss ich mal wieder ein ernstes Wort mit dem zuständigen Staatsanwalt reden."

Martin Steger trat ans Fenster und blickte auf die Altstadt hinunter.

„Die Zunahme der Gewaltverbrechen in den letzten Jahren hier in Nördlingen machen mir Sorgen, Herr Lauer.

Langsam komme ich mir hier schon vor wie in einer der deutschen Großstädte.

Jetzt würde nur noch ein Terroranschlag fehlen, dann könnten wir wohl bald einpacken.

Ich mit meiner Politik und Sie mit ihrem Tourismusbüro."

Oliver Lauer kaute nun etwas nervös an seiner Unterlippe.

„Nun malen Sie mal nicht gleich den Teufel an die Wand, Herr Oberbürgermeister", meinte er.

„Den tragischen Tod von Frau Karrer sollte man in keinem Fall in Zusammenhang mit fehlender Sicherheit in Nördlingen bringen.

Bisher steht noch gar nicht fest, aus welchem Grund sie ermordet wurde.

Ich kann mir nur vorstellen, dass es sich dabei, wie Sie vorhin schon so treffend bemerkt haben, um irgendeinen Verrückten handelt.

Womöglich irgendein durchgeknallter Sammler von historischen Gegenständen."

„Kann gut sein", sinnierte Martin Steger, der nach wie vor aus dem Fenster sah.

„Hat man denn schon festgestellt, ob irgendetwas aus dem Museum fehlt?"

Oliver Lauer zuckte nur ahnungslos mit den Schultern.

„Ich habe nicht die geringste Ahnung, Herr Steger.

Gestern Nachmittag wollte ich zwar deswegen mit einer Kollegin ins Museum, aber da war kein Reinkommen.

Der Eingang ist verschlossen und mit einem Polizeisiegel versehen. Da war nichts zu machen.

Ich werde mich aber umgehend auf unserer Polizeidienststelle erkundigen, bis wann die Ermittlungen abgeschlossen sind.

Wie müssen schließlich die Vorbereitungen für die Ausstellung um Napoleon fertig kriegen."

Der Nördlinger OB drehte sich vom Fenster weg und überlegte kurz.

Oliver Lauer betrachtete die in Falten gelegte Stirn des Stadtoberhauptes und hatte dabei gar kein gutes Gefühl.

„Ich bin am Überlegen, ob es nicht besser wäre, die Eröffnung unter den gegebenen Umständen abzublasen bzw. zu verschieben."

„Vom ethischen Standpunkt aus gesehen muss ich Ihnen recht geben, Herr Steger", gab Oliver Lauer zurück.

„Aber verstehen kann ich es dennoch nicht.

Nach Absprache mit Frau Karrer wurden bereits vor Wochen die ersten Einladungen verschickt und entsprechende Zusagen liegen inzwischen vor.

Ich glaube nicht, dass es in ihrem Sinn wäre, wenn wir die ganzen Bemühungen, die sie in diese Angelegenheit reingesteckt hat, einfach über den Haufen werfen würden."

„*Einfach* mache ich mir in dieser Angelegenheit gar nichts, Herr Lauer", entgegnete der OB.

„Aber solange es keine Klarheit gibt, was die Hintergründe von Frau Karrers Tod betreffen, kann und will ich nicht so unbedacht zur Tagesordnung übergehen."

Oliver Lauer wusste langsam nicht mehr, mit welchen Argumenten er den Nördlinger Oberbürgermeister noch davon überzeugen sollte, die Saisoneröffnung des Stadtmuseums trotz der kritischen Situation durchzuziehen.

„Die letzten Jahre haben doch gezeigt, dass dieser Markowitsch mit seinen Leuten durchaus in der Lage ist, so einen Fall schnell aufzuklären und den oder die Schuldigen zur Rechenschaft zu ziehen.

Denken Sie doch beispielsweise nur mal an die Angelegenheit vor drei Jahren, als er Karl Kübler, unseren damaligen Stadtrat des Mordes überführt hat.

Das dauerte zwar auch einige Tage, aber zum Schluss war in der Alten Bastei Endstation für sein Treiben."

Man konnte sehen, wie es Martin Steger regelrecht schüttelte, als er der Erklärung Oliver Lauers zuhörte.

„Endstation Alte Bastei. Erinnern Sie mich bloß nicht daran, Herr Lauer. Mir läuft es heute noch kalt den Rücken hinunter, wenn ich daran denke, was da alles hätte passieren können.

Gott sei Dank ging die Geschichte damals recht glimpflich aus.

Nicht auszudenken, wie viele Tote es da hätte geben können, wenn Kübler durchgedreht wäre."

„Sehen Sie, das ist genau das, was ich meine", redete Oliver Lauer weiter auf Martin Steger ein.

„Es gab zwar großes Aufsehen, ging aber letztendlich doch einigermaßen glimpflich aus."

Martin Steger schien die Argumente von Oliver

Lauer abzuwägen.

Dieser schickte noch ein weiteres hinterher.

„Zugegeben, wenn es sich beim Mord an Martina Karrer jetzt um einen Serienmörder handeln würde, hätte auch ich keinerlei Bedenken, die Eröffnung abzusagen.

Die Sicherheit der Bevölkerung hat schließlich Vorrang.

Aber solange wir nicht wissen, was wirklich dahinter steckt, würden wir dem Tourismus in unserer Region meiner Meinung nach eher Schaden zufügen."

Der OB hob wie schützend beide Hände.

„Serienmörder. Erfinden Sie mir jetzt bloß keine Schauermärchen, Herr Lauer.

Das hätte mir gerade noch gefehlt, dass dieser Wahnsinnige noch mehr Leute in unserer Stadt umbringt."

Man sah Martin Steger in diesem Augenblick an seiner Gesichtsfarbe an, dass ihn der Gedanke an eine solche Situation sowohl physisch als auch psychisch an seine Grenzen bringen würde.

Nachdem er Oliver Lauer verabschiedet hatte, griff er entschlossen zum Telefon, und ließ sich von seiner Sekretärin mit dem zuständigen Augsburger Oberstaatsanwalt Frank Berger verbinden.

Er wollte nun mit Nachdruck auf den aktuellen Stand der Erkenntnis gebracht werden.

Als kurz darauf das Telefon läutete, erhielt er die Auskunft seiner Mitarbeiterin, dass Frank Berger ihn um etwas Geduld bat, er würde ihn baldmöglichst zurückrufen.

Martin Steger bedankte sich, legte den Hörer zurück und begann, wie ein ruheloser Tiger in seinem Büro auf und ab zu marschieren.

Immer wieder blickte er dabei nervös auf das Ziffernblatt seiner Uhr.

Ein durchgeknallter Serienkiller in seiner Stadt? Das konnte, durfte nicht sein.

Doch nur Minuten später wurde er durch einen Telefonanruf eines Besseren belehrt.

17. Kapitel

Alfred Zacher hatte im Laufe seiner Arbeit als Polizeiarzt ja schon eine ganze Menge erlebt.

Was er in den letzten beiden Tagen jedoch mit ansehen musste, brachte selbst einen erfahrenen Pathologen wie ihn an die Grenzen des Erträglichen.

In solchen Situationen ließ sich der berufliche Alltag oftmals nur mit Sarkasmus und schwarzem Humor ertragen.

Nachdem er sich mit seinen beiden Kollegen durch die Polizeiabsperrung in das Wohnhaus begeben hatte, wurde er von Polizeiobermeister Peter Wagner nach oben begleitet.

„Mensch Markowitsch", meinte er, nachdem er die Wohnung von Christine Akebe betreten und sich einen ersten Überblick im Wohnzimmer verschafft hatte.

„Wollen Sie jetzt unbedingt in der großen Garde der Mordaufklärer mitspielen?

Oder können Sie mir einen anderen, vernünftigen Grund nennen, weshalb Sie mir innerhalb von zwei Tagen schon zum zweiten Mal so eine Schweinerei präsentieren?"

„Heben Sie sich ihre Witze für den nächsten Polizeiball auf, Doc", gab Markowitsch kurz zur Antwort.

„Als Aufschneider finden Sie dort sicherlich ein

dankbareres Publikum als hier."

Auf Grund dieser Äußerung merkte Zacher sogleich, dass dem Augsburger Kriminalhauptkommissar dieser zweite barbarische Mord wohl ziemlich an die Nieren ging.

Robert Markowitsch stand mit fahlem Gesicht nur kopfschüttelnd am Türrahmen.

Alfred Zacher sah sich kurz um, erblickte Peter Neumann und winkte diesen zu sich heran.

„Ich weiß zwar, dass der alte Haudegen normalerweise alkoholabstinent ist, aber ich glaube, dass er jetzt einen kleinen Hochprozentigen vertragen könnte."

„Nicht nur er", kam Neumanns Antwort.

„Aber einer muss ja fahren. Ich werde mal mit den Nördlinger Kollegen sprechen."

Der Augsburger Kripobeamte ging in Richtung Wohnungstüre, als er eine ihm wohlbekannte Stimme in erheblicher Lautstärke vernahm.

„Sie werden mich jetzt augenblicklich da rein lassen, meine Herren", schallte es vom Treppenhaus herauf.

„Erstens habe ich als Oberbürgermeister ein Recht darauf zu erfahren, was hier passiert ist und zweitens hat man mich persönlich telefonisch verständigt."

Peter Neumann verdrehte in Erwartung auf die anstehende Debatte die Augen, nahm jeweils zwei Treppenstufen auf einmal nach unten und ging so dem Nördlinger OB Martin Steger entgegen.

„Schon in Ordnung, Kollegen", meinte er zu den beiden Nördlinger Polizisten, indem er Martin Steger über die Absperrung hinweg die Hand reichte.

„Guten Tag Herr Steger", begrüßte er den OB.

„Ich muss nur kurz mit den Kollegen sprechen, dann bringe ich Sie nach oben."

„Danke", entgegnete Martin Steger und vernahm sogleich die leise gesprochene Bitte von Peter Neumann an die Kollegen, irgendetwas Hochprozentiges zu besorgen.

Angesichts dieser Tatsache wurde dem OB etwas mulmig zumute.

Mit langsamen Schritten folgte er nun Peter Neumann in die Wohnung von Christine Akebe.

Martin Steger rümpfte die Nase, als er den unangenehmen Geruch im Inneren der Räume wahrnahm.

Ein Durchkommen zum vermeintlichen Tatort gestaltete sich auf Grund der umherstehenden Koffer der KTU - Mitarbeiter etwas schwierig.

Martin Steger kamen sofort die Aussagen in den Sinn, die er aus diversen Kriminalfilmen kannte.

Zertrampeln Sie mir hier bloß keine wichtigen Spuren, hieß es da immer.

Also blieb der Nördlinger OB im Flur stehen, als er die Frage Alfred Zachers an Markowitsch vernahm.

„Hat eigentlich irgendjemand die Staatsanwaltschaft verständigt, Markowitsch?"

„Ich nicht", brummte Markowitsch zurück.

„Aber ich gehe mal davon aus, dass dies bereits geschehen ist."

„Kann sein, dass ich Ihnen diese Arbeit abgenommen habe, Herr Markowitsch", vernahm er die

Stimme Martin Stegers hinter sich.

Als er den Kopf drehte, sah der Hauptkommissar den Nördlinger Oberbürgermeister auf sich zukommen.

Fragend sah er dem Mann ins Gesicht.

Martin Steger stand nun, die linke Hand in der Hosentasche, vor ihm.

Die rechte Hand streckte er Markowitsch entgegen.

„Ich habe auf Grund der aktuellen Situation vor einigen Minuten bei der Staatsanwaltschaft angerufen, aber leider noch keinen Rückruf erhalten.

Da Sie es ja scheinbar nicht für notwendig erachten, Herr Markowitsch, mich auf einem aktuellen Stand zu halten, was Ihre Ermittlungen in unserer Stadt anbetrifft, so muss ich mir diese Informationen eben von anderer Stelle besorgen.

Es kann ja nicht angehen, dass ich als Oberbürgermeister von Nördlingen nur immer sporadisch irgendetwas mitgeteilt bekomme."

Wer den Leiter der Augsburger Mordkommission länger kannte, dem wurde aufgrund seines Gesichtsausdruckes schnell klar, dass bei ihm so langsam aber sicher die Grenze des Erträglichen erreicht war.

Peter Neumann konnte regelrecht fühlen, wie es hinter der Stirn von Robert Markowitsch fieberhaft arbeitete.

Plötzlich streckte sich der Hauptkommissar ein wenig und nahm dadurch eine kerzengerade Haltung ein.

Er drehte sich etwas zur Seite und machte dabei

eine einladende Handbewegung in Martin Stegers Richtung.

„Natürlich, Sie haben wohl recht, Herr Steger.

Und da Sie nun mal schon vor Ort sind, darf ich Sie davon überzeugen, dass ich Ihnen gegenüber sehr wohl meiner Informationspflicht nachkomme.

Bitte sehr, treten Sie etwas näher. Sie können sich so direkt persönlich ein Bild von der aktuellen Situation machen."

Alfred Zacher, der den Dialog zwischen Markowitsch und dem Nördlinger OB mitbekommen hatte, schüttelte nur leicht seinen Kopf.

Er konnte sich schon ausmalen, was nun geschehen würde.

Als Martin Steger die Türe zum Wohnzimmer durchschritten hatte und den Leichnam Christine Akebes erblickte, blieb er wie angewurzelt stehen.

Mit weit aufgerissenen Augen starrte er auf den blutverschmierten, enthaupteten Körper der Frau.

Steger ließ die Hände sinken und schien wie ein kleines Häufchen Elend in sich zusammen zu sinken.

Jeder, der nicht auf einen solchen Anblick gefasst ist, der unvorbereitet auf ein regelrechtes Schlachtfeld geführt wird, würde wohl genauso reagieren.

Alfred Zachers Kollegen, die gerade dabei waren, einen Sichtschutz um den Leichnam aufzubauen, rührten sich nicht von der Stelle.

Martin Steger drehte dem Hauptkommissar sein mittlerweile aschfahles Gesicht entgegen.

Den Mund halb offen, deutete er mit ausgestreckter Hand ins Wohnzimmer, unfähig, sich auch nur einen Millimeter zu bewegen.

Robert Markowitsch stand mit starrer Mine da und beobachtete den Nördlinger OB.

Er war sich sehr wohl im Klaren darüber, was er diesem Mann da gerade zumutete, sah aber in diesem Moment der eigenen Betroffenheit keine andere Möglichkeit, Martin Steger die Grenzen aufzuzeigen.

Möglicherweise würde sein Vorgehen noch ein kleines Nachspiel haben, dies jedoch nahm er liebend gerne in Kauf.

Urplötzlich schien Martin Steger aus seiner Starre zu erwachen, legte sich die rechte Hand vor den Mund und rannte drei, vier Schritte an Markowitsch vorbei.

Fast wäre er noch über einen Koffer der KTU gestolpert, konnte sich jedoch gerade noch abfangen und Richtung Ausgangstür orientieren.

Diese erreichte er jedoch nicht mehr, denn die Reaktion seines Magens im Zusammenhang mit dem eben Gesehenen erfolgte sofort.

Martin Steger erkannte zwar aus den Augenwinkeln gerade noch, wie der Augsburger Oberstaatsanwalt Frank Berger die Wohnung betrat, konnte jedoch nicht mehr reagieren und kehrte sein Innerstes nach außen.

Das Mittagessen landete in halb verdauter Form, begleitet von undefinierbaren Würgegeräuschen, auf dem Fußboden vor Frank Bergers Füßen.

Dieser sprang sofort einen Schritt zurück, betrachtete sich die unappetitlichen Spuren an seiner

Hose und richtete seinen Blick in Richtung Robert Markowitsch.

Er sah, wie der Hauptkommissar, dessen Kollege Peter Neumann und die Mitarbeiter der Kriminaltechnik, mit teils mitleidigen, teils schadenfroh grinsenden Gesichtern die Szene beobachteten.

Ein bis zwei Minuten stand Martin Steger in leicht gebückter Haltung da, bis sich scheinbar nichts mehr in seinem Magen befand, das er hätte rauslassen können.

Ohne sich auch nur noch einmal in Richtung des Wohnungsinneren umzudrehen, verließ der OB das Haus.

Frank Berger stand im ersten Moment da wie ein begossener Pudel.

Er betrachtete seine versaute Hose, sah anschließend auf den Hauptkommissar.

„Eine Erklärung wäre wünschenswert, Markowitsch. Was können Sie mir hierzu sagen?", wies er mit einer Hand nach unten.

Robert Markowitsch zwang sich ein kurzes, gequältes Lächeln ab.

„Ich würde vorschlagen, das Teil in die Reinigung geben, werter Herr Oberstaatsanwalt. Die werden das schon wieder hinkriegen."

„Danke für den Tipp, Markowitsch", antwortete Frank Berger und deutete auf das Wohnzimmer, in dem Alfred Zacher inzwischen mit seinen Kollegen zum traurigen Alltag übergegangen war.

„Ich brauche hier mehr Licht", rief er einem der Männer zu.

„Mit dieser Funzel an der Decke kann ich ja

kaum was sehen."

„Kommt sofort, Chef", kam umgehend die Antwort.

„Um zu erkennen, dass da drin ein kleines Massaker stattgefunden hat, brauche ich kein Licht, Markowitsch", sprach der Oberstaatsanwalt.

„Es reicht aus, einmal tief durchzuatmen", fügte er als Andeutung auf den typischen Geruch des Blutes hinzu.

„Ich will da gar nicht reinschauen", deutete er auf die Tür des Wohnzimmers.

„Kann es sein, dass dies dort drin im Zusammenhang mit der Geschichte von gestern steht?"

Robert Markowitsch nahm Frank Berger am Arm und zog ihn mit hinaus ins Treppenhaus.

„Kommen Sie mit nach unten, Berger. Ich brauche frische Luft."

Als die beiden Männer auf den Gehsteig hinaus traten, erkannten sie, dass die Kollegen der Nördlinger Polizeiinspektion alle Hände voll zu tun hatten, um die Schaulustigen, die sich mittlerweile vor dem Gebäude versammelt hatten, zurückzuhalten.

„Die Tatsache, dass Frau Akebe genauso wie auch Frau Karrer enthauptet worden ist, lässt darauf schließen, dass wir es hier mit ein und demselben Täter zu tun haben, Berger."

Markowitsch sah den Staatsanwalt einige Sekunden wortlos an.

„Leider muss ich zu meiner Schande gestehen, dass ich bis jetzt auch nicht nur den kleinsten konkreten Ansatz eines Motivs für die beiden Morde habe.

So langsam beginne ich, an mir zu zweifeln."

Frank Berger entnahm eine deutliche Resignation aus Markowitsch's Worten.

Zwei Tote innerhalb von zwei Tagen, auf eine bestialische Art und Weise umgebracht, das kann selbst einen erfahrenen Kriminalhauptkommissar wie Robert Markowitsch zermürben.

„Nun werfen Sie mir mal nicht so vorschnell die Flinte ins Korn, Markowitsch", antwortete er auf die Selbstzweifel des Ermittlers.

„Es ist ja schließlich keine Kleinigkeit, zwei derartige Fälle innerhalb dieses kurzen Zeitraums auseinander zu klauben. Geschweige denn, sie aufzuklären.

Was sagt denn die KTU? Gibt es inzwischen irgendwelche konkreten Hinweise auf die Tote von gestern?"

Markowitsch zuckte nur mit den Schultern.

„Wir haben den einen oder anderen Hinweis von Zacher erhalten, keine Frage.

Eine konkrete Spur erkenne ich darin allerdings bisher noch nicht."

Ich hatte jedoch auch noch keine richtige Gelegenheit, mit ihm darüber zu sprechen."

Der Hauptkommissar deutete mit dem Finger nach oben.

„Er war heute Nachmittag auf dem Weg zu mir, als uns das da oben dazwischen gekommen ist."

„Wer hat die Tote denn entdeckt, bzw. wer hat Sie verständigt?", wollte Frank Berger wissen.

„Verständigt hat uns niemand, Berger", sagte Markowitsch und erklärte dem Kollegen, wie es dazu kam, dass er und Peter Neumann nach Nördlingen gefahren sind.

„Na sehen Sie, Markowitsch", versuchte Frank Berger den Hauptkommissar zu beruhigen.

„Das zeigt doch, dass ihr Instinkt sehr wohl noch intakt ist."

„Ja", seufzte Markowitsch. „Allerdings kam er dieses Mal zu spät."

„Wer kann so etwas aber auch nur im Geringsten ahnen?", meinte Frank Berger.

„Wir sind schließlich keine Hellseher, dass wir eine Mordserie voraussehen können."

„Markowitsch erschrak etwas bei diesen Worten des Oberstaatsanwalts.

„Sinnieren Sie mir bitte hier keinen Serienmörder heraus, Berger", mahnte er.

„Vor allem nicht in der Öffentlichkeit. Die Presse hat ihre Ohren überall, das müssten Sie doch am besten wissen."

„Oh ja, Markowitsch", winkte der Angesprochene ab.

„Ich will mir gar nicht ausmalen, was da an Erklärungsbedarf wieder auf mich zukommt.

Aber ohne einen handfesten Hinweis werde ich einen Scheiß tun und überhaupt irgendetwas an die Presseleute weitergeben."

Ich würde meinerseits vorschlagen, dass wir jetzt erstmal die Ergebnisse der Kriminaltechnik abwarten."

„Ganz in meinem Sinne, Berger", bestätigte Robert Markowitsch das Vorhaben des Oberstaatsanwalts.

„Alles andere wäre im Moment auch nur reine Spekulation und würde uns die Ermittlungen wahrscheinlich nur unnötig erschweren."

Markowitsch reichte Frank Berger die Hand, da sich dieser anscheinend schon wieder unter Zeitdruck befand.

„Ich gehe dann mal wieder nach oben. Mal sehen, ob die Kollegen inzwischen irgendeinen Hinweis gefunden haben, der uns weiter bringt."

„Machen Sie das, mein lieber Markowitsch", antwortete Frank Berger. „Machen Sie das.

Apropos Hinweis: Gab es schon Gelegenheit, diese Pflegedienstleitung im Krankenhaus zu befragen?"

Robert Markowitsch drehte sich einmal langsam um die eigene Achse, deutete mit beiden Armen nach oben in Richtung Christine Akebes Wohnung und fragte energisch mit ansteigender Lautstärke:

„Wann denn, Berger? Wann denn?"

Dieser winkte nur kurz aber verständnisvoll ab.

„War auch nur eine Frage, Markowitsch."

„Die hätten Sie sich sparen können. Neumann war sowieso auf dem Weg dorthin", sagte der Hauptkommissar genervt, als er sich bereits wieder auf dem Weg nach oben machte.

Dort angekommen kam ihm der Leiter der KTU schon entgegen.

„Sagen Sie mir jetzt bitte, dass Sie etwas für mich haben, das mir in irgendeiner Weise weiterhilft, Zacher."

„Na, wenn Sie mich so freundlich darum bitten, Markowitsch, dann will ich mal nicht so sein", antwortete dieser.

„Leider kann ich zum jetzigen Zeitpunkt nur so viel mit Sicherheit sagen, dass es sich aller Wahrscheinlichkeit nach um den gleichen Täter wie beim ersten Opfer handeln dürfte.

Auch diese Frau dort, oder besser gesagt ihr Kopf, weißt eine Verletzung auf.

Diese entstand mit ziemlicher Sicherheit noch, bevor ihr der Schädel abgetrennt wurde.

Ich kann Ihnen aber erst nach der Obduktion sagen, ob dieser Schlag nicht vielleicht sogar schon tödlich war und das Opfer die eigentliche Enthauptung gar nicht mehr mitbekommen hat."

Markowitsch überlegte. Er sah Alfred Zacher fragend an.

„Wenn dem so war, Zacher, warum dann noch diese grausame Zeremonie? Das ergibt doch in meinen Augen überhaupt keinen Sinn."

„Zeremonie ist vielleicht gar kein so schlechter Ansatz, Markowitsch", bedachte der Arzt.

„Vielleicht sollten Sie diesen Gedanken nicht ganz außer Acht lassen.

Aber wie schon gesagt: Ob die Frau zu diesem Zeitpunkt wirklich schon tot war, lässt sich erst nach einer genaueren Untersuchung feststellen."

„Deren Ergebnis ich heute Nacht noch kriege?", schickte der Hauptkommissar seine Frage hinterher.

„Ach Markowitsch", seufzte Alfred Zacher fast schon wehmütig.

„Sie rauben mir nicht nur den Schlaf, sondern auch noch den letzten Nerv.

Aber gut. Ich werde ein Telefonat mit den Kollegen vom Augsburger Klinikum führen.

Sollten diese zusagen, werde ich den Leichnam von Frau Akebe dorthin bringen lassen.

Dann habe ich wenigstens einen triftigen Grund, Sie auch einmal nachts aus dem Bett zu klingeln."

Markowitsch reichte Zacher die Hand.

„Wenn Sie mir tatsächlich heute Nacht noch etwas Konkretes bringen, dürfen Sie sogar auf meinem Sofa schlafen, Doc."

„Danke, Markowitsch", winkte Alfred Zacher ab. „Aber da weiß ich mir bei Gott was Bequemeres."

„Auch gut", gab Markowitsch nun schon wieder etwas erleichtert zurück.

„Dann warte ich also auf Ihren Anruf."

Er drehte sich suchend um.

„Haben Sie Neumann gesehen, Zacher?"

„Ist nebenan" bekam Markowitsch zur Antwort.

„Übrigens: Bevor Sie sich aus dem Staub machen, hätte ich noch etwas Arbeit für Sie."

Alfred Zacher ging an seinen Koffer und entnahm diesem einen Umschlag.

„Ich habe es mir nicht nehmen lassen, Ihnen das hier höchstpersönlich in ausgedrucktem Zustand zu übergeben."

Markowitsch sah Zacher fragend an, bevor er den Umschlag öffnete.

Dieser enthielt mehrere Seiten Papier, auf denen sich diverse Tabellen, Grafiken und wissenschaftliche Erklärungen befanden.

Der Hauptkommissar zeigte mit dem Finger darauf.

„Bevor ich jetzt ein Studium der Rechtsmedizin

beginnen muss, Zacher, erklären Sie mir sicherlich mit verständlichen Worten, was das alles hier bedeutet, oder?"

Zacher lächelte etwas.

„Drei Buchstaben verrate ich Ihnen gerne, Markowitsch. D N A."

Robert Markowitsch atmete tief durch und verdrehte dabei etwas die Augen.

„Dachte ich mir fast schon, Doc. Ist ja auch kaum zu übersehen. Ich hätte es gerne nur etwas detaillierter."

Peter Neumann, der in diesem Augenblick an die Seite der beiden Ermittler trat, besah sich die Papiere.

„Das hilft mir in dieser Form aber nicht viel weiter, Herr Zacher. Wie soll ich damit in meinem Computersystem einen Vergleich abfragen?"

Alfred Zacher winkte beruhigend ab.

„Keine Sorge, Herr Neumann. Das Ergebnis liegt Ihnen selbstverständlich auch digital in der Ermittlungsakte vor."

Er deutete mit dem Finger auf Markowitsch.

„Aber da er ja nichts damit anfangen kann, hab ich es eben auch nochmal ausgedruckt mitgebracht."

„Zu gütig, Zacher, dass Sie mich auf meine Schwächen bezüglich der digitalen Arbeitsmittel hinweisen", meinte Markowitsch brummend.

Mit einem Blick auf die Uhr wandte er sich an Peter Neumann.

„Angesichts der fortgeschrittenen Zeit werden Sie ihr Rendezvous mit der jungen Dame im Krankenhaus auf Morgen verschieben, Neumann."

Er wedelte mit dem Umschlag durch die Luft.

„Wir fahren zurück ins Büro. Das hier ist im Moment wichtiger.

Außerdem können Sie so mal wieder ein paar Stunden mit Ihrem heißgeliebten Spielzeug verbringen."

Nach diesen Worten verabschiedeten sich Robert Markowitsch und Peter Neumann von den Kollegen der KTU, nicht ohne sich bei ihnen für den Einsatz bedankt zu haben.

„Hoffentlich bringt uns das hier endlich eine Spur, mit der wir etwas anfangen können, Neumann", sprach Markowitsch auf dem Weg zum Auto.

„Sollte es zu diesen DNA-Ergebnissen irgendetwas Passendes im BKA-System geben, dann werde ich es finden, Chef. Darauf können Sie sich verlassen", antwortete Peter Neumann selbstsicher.

„Daran zweifle ich in keiner Weise, Neumann", gab Markowitsch seinem jungen Kollegen vertrauensvoll zur Antwort.

18. Kapitel

Nachdem die beiden Ermittler das Gebäude des Augsburger Polizeipräsidiums Schwaben-Nord betreten hatten, begab sich Peter Neumann direkt an seinen Computer, während Robert Markowitsch noch kurz in sein Büro ging, um zwei Tassen mit seinem heißgeliebten Cappuccino zu füllen.

Als er mit den beiden Getränken zurück ins Büro seines Kollegen kam, war dieser bereits in den digitalen Archivstrukturen unterwegs.

Der Hauptkommissar stellte eine der beiden Tassen neben der Tastatur auf Peter Neumanns Computerschreibtisch ab und setzte sich neben den Kollegen.

Währenddessen er die flinken Finger über die Tasten huschen sah, horchte er einen kurzen Moment in sich hinein, ob da so etwas wie Neid in ihm aufkam.

Er bewunderte diese Fähigkeiten Neumanns, musste sich aber auch zum wiederholten Male eingestehen, dass dies nicht seine Welt war.

Aber neidisch? Nein, das war er nicht.

Seine Fähigkeiten lagen auf einem anderen Gebiet, wobei er sich jedoch hervorragend mit Peter Neumann ergänzte.

Markowitsch nahm einen Schluck seines Lieblingsgetränkes und konzentrierte seinen Blick wieder auf dessen Tätigkeit.

Gespannt folgte er den Blicken Neumanns, die immer wieder zwischen dem linken und dem rechten Bildschirm hin und her gingen.

Auch wenn er nicht allzu viel von Computern verstand, so erkannte er, dass sich der Kollege momentan in der Archivdatenbank des Bundeskriminalamtes befand und einen DNA-Abgleich durchführte.

Die digitale Analyse-Datei wurde 1998 im Auftrag des damaligen Innenministers Kanther in Wiesbaden eingerichtet und umfasst mehr als eine Million Datensätze, wobei monatlich circa achttausend neue Einträge hinzukommen.

Dabei wird nach den im BKA-Gesetz vorgeschriebenen Fristen von zehn Jahren bei Erwachsenen und fünf Jahren bei Jugendlichen geprüft, ob die Daten zu berichtigen oder zu löschen sind.

Durch die DNA-Analyse konnten nicht nur innerhalb kürzester Zeit, sondern auch noch nach mehr als zwanzig Jahren Verbrechen aufgeklärt werden.

Im Zusammenspiel mit weit mehr als einer halben Million digitaler Kriminalakten kann so im Optimalfall innerhalb von Sekunden festgestellt werden, ob weitere Informationen zu einer betroffenen Person vorliegen.

Peter Neumann hatte die von Alfred Zacher angelegte Akte zum aktuellen Fall auf den einen Bildschirm geholt, wobei er nun auf der anderen Seite die Ergebnisse mit den vorhandenen Daten im Archiv abgleichen ließ.

In rasender Geschwindigkeit flogen die Zahlen-

und Buchstabenreihen vor Markowitsch's Augen über das Display, doch blieb ein schnelles Ergebnis auch nach mehreren Minuten aus.

Robert Markowitsch machte die Warterei zusehends nervös, vor allem deshalb, da er während dieser Zeit nur zum tatenlosen Zusehen verdammt war.

Fast schon ein wenig resignierend leerte er seine Kaffeetasse, erhob sich von seinem Platz und legte seine linke Hand vorsichtig auf die Schulter von Peter Neumann.

„Nachdem ich Ihnen dabei sowieso nicht besonders behilflich sein kann, mache ich für heute Schluss Neumann", meinte er.

„Sollte irgendetwas Treffendes bei Ihrer Suche herauskommen, klingeln Sie sofort bei mir durch."

Ohne den Blick vom Bildschirm abzuwenden, hob der Angesprochene nur kurz seine Hand.

„Geht klar, Chef. Kann schon ziemlich bald sein, könnte aber auch etwas länger dauern.

Aber irgendetwas finde ich bestimmt."

Markowitsch rückte seinen Stuhl wieder an den anderen Schreibtisch und verließ das Büro mit dem Wissen, dass wohl wieder eine unruhige Nacht vor ihm lag.

19. Kapitel

Als Robert Markowitsch am nächsten Tag etwas später als gewohnt in seinem Büro eintraf, erwarteten ihn bereits Alfred Zacher und Peter Neumann.

„Sie sehen aus, als hätten Sie die letzte Nacht durchgezecht, Neumann", begrüßte der Augsburger Kripochef seinen Kollegen mit einem Blick auf dessen geröteten Augen.

„Na ja", antwortete dieser. „Zwei Stunden Schlaf auf der Liege im Bereitschaftsraum sind ja auch nicht gerade das Gelbe vom Ei."

Markowitsch reichte auch dem Polizeiarzt die Hand.

„Guten Morgen Zacher. Sie sehen auch nicht viel besser aus."

„Danke, Markowitsch", antwortete dieser.

„Das Kompliment kann ich Ihnen gerne zurückgeben."

Der Hauptkommissar winkte nur kurz ab.

„Sieht so aus, als wenn die Geschichte uns alle ziemlich mitnimmt.

Es ist aber auch zum aus der Haut fahren.

Zwei Leichen innerhalb von nur achtundvierzig Stunden und noch keine heiße Spur."

Markowitsch wandte sich an Peter Neumann.

„Nachdem ich heute Nacht umsonst auf einen Anruf von Ihnen gewartet habe, gehe ich mal davon aus, dass Ihre Recherchen uns bis jetzt anscheinend auch nicht sehr viel weiter bringen, oder?"

Peter Neumann zuckte mit den Schultern.

„Tut mir leid, Chef", sagte er. „Von den DNA-Spuren war leider keine Übereinstimmung zu finden.

Ich habe bis in die späte Nacht hinein gesucht bzw. mein Baby suchen lassen.

Es scheint wie verhext, aber wenn die gefundenen Hautpartikel unter den Fingernägeln der Toten vom Täter stammen, so ist dieser bisher nicht ernsthaft strafrechtlich relevant in Erscheinung getreten.

Auch die verschiedenen Fingerabdrücke, die von den Kollegen der KTU sichergestellt wurden, sind nicht im System erfasst."

Der Hauptkommissar hatte beide Hände tief in den Hosentaschen vergraben und starrte nachdenklich zu Boden.

„Das heißt nach wie vor, dass wir vor einem Rätsel stehen.

Keine heiße Spur, kein Motiv und somit auch keinen wirklich Tatverdächtigen."

Der Leiter des Fachkommissariats K1 schien der Verzweiflung nahe zu sein.

„Wir fangen also nochmal bei null an. Was haben wir?

Martina Karrer, grausam ermordet im Nördlinger Stadtmuseum, indem man ihr den Kopf abgetrennt hat.

Es wurde keine Tatwaffe gefunden, DNA und Fingerabdrücke bringen uns bis dato auch nicht weiter.

Am Tag darauf wird Christine Akebe ebenso bestialisch getötet, wobei man bei beiden Taten schon eher von einer Hinrichtung sprechen muss.

Auch hier haben wir bisher kein Tatmotiv, wobei alles darauf hindeutet, dass es sich wohl um ein und denselben Täter handelt."

Markowitsch's Blick blieb am Leiter der KTU hängen.

„Ich gehe mal davon aus, Zacher, dass wir im Laufe des Tages die Spurenauswertung des zweiten Falles bekommen?"

„Meine Leute arbeiten mit Hochdruck daran", bestätigte Alfred Zacher die Frage des Hauptkommissars.

„Und weshalb sind Sie dann hier und nicht im Institut?", vernahmen die drei Männer in diesem Augenblick die Frage.

Scheinbar unbemerkt hatte Oberstaatsanwalt Frank Berger das Büro von Robert Markowitsch betreten.

Nacheinander begrüßte er die Kollegen per Handschlag, wobei er seinen fragenden Blick auf Alfred Zacher gerichtet ließ.

„Weil wir auch außerhalb der Sezierhalle unserer Arbeit nachgehen, Herr Berger", antwortete er etwas genervt.

„Das hoffen wir doch alle, nicht wahr, meine Herren?", sagte der Oberstaatsanwalt.

„Ich darf also davon ausgehen, dass Sie neue Informationen für uns haben?

Mir sitzt der Polizeipräsident im Nacken. Von der Presse mal ganz zu schweigen."

Frank Berger legte die aktuelle Ausgabe der Augsburger Allgemeinen auf dem Schreibtisch von Markowitsch ab.

Danach folgte ein Exemplar von Deutschlands größter Schlagzeilenzeitung.

Der Henker von Nördlingen

Der Titel in überdimensionalen Buchstaben bescherte dem Verlag an diesem Tag wohl wieder eine Rekordauflage.

„Was glauben Sie wohl, wie es seit gestern in meinem Büro zugeht, meine Herren?

Die Telefonleitungen sind überlastet, der Mailserver befindet sich kurz vor dem Kollaps und meine Sekretärin hat heute früh schon mit Kündigung gedroht."

Frank Berger zeigte mit dem Finger in Richtung Fenster.

„Also geben Sie mir endlich was in die Hand, mit dem ich die Meute da draußen füttern und somit etwas auf Distanz halten kann."

Bei seinem letzten Satz erreichte die Stimme des Oberstaatsanwalts eine bedrohliche Lautstärke.

Betretene Stimmung herrschte für die nächsten Sekunden im Büro der Augsburger Mordkommission.

In diesem Augenblick hätte man die sprichwörtliche Nadel zu Boden fallen hören.

Alfred Zachers Stimme unterbrach das scheinbar endlos lange Schweigen.

„Vielleicht bringt uns das hier ja etwas weiter",

meinte er, indem er an Markowitsch's Schreibtisch trat und dort eine Mappe mit verschiedenen Fotos ausbreitete.

Nur drei Sekunden später versammelten sich Markowitsch, Neumann und der Oberstaatsanwalt um den Schreibtisch des Hauptkommissars.

Mit einheitlichem Stirnrunzeln betrachteten sich die Männer die Bilder aus Alfred Zachers Mappe.

Eine der Aufnahmen zeigte das Büro von Martina Karrer aus dem Nördlinger Stadtmuseum.

Auf einem weiteren Bild war der Schreibtisch mit verschiedenen Gegenständen zu sehen, die Frau Karrer zu diesem Zeitpunkt wohl zum Zweck der Inventarisierung dort platziert hatte.

Es handelte sich dabei um die Gegenstände, die Frank Berger dazu veranlasst hatten, die Ermittlungen an die beiden Augsburger Kriminalbeamten zu übertragen.

Alfred Zacher bewegte seine rechte Hand schwebend über den Fotografien.

„All diese Teile sind, wie wir bei unseren Untersuchungen im Institut festgestellt haben, handgefertigt und mit ziemlicher Sicherheit afrikanischen Ursprungs."

„Wer hätte das gedacht", murmelte Frank Berger mit unüberhörbarem Sarkasmus in seiner Stimme, was ihm einen bösen Blick von Seiten Zachers einbrachte.

Als der Oberstaatsanwalt dies bemerkte, hob er entschuldigend seine Hand.

„Nehmen Sie es mir nicht übel, Zacher. Aber diese Dinger bereiten mir einen unangenehmen

Würgereiz oberhalb meiner Magengegend."

Der Polizeiarzt warf einen fragenden Blick in Richtung Markowitsch.

„Hab ich da irgendetwas verpasst", wollte er wissen.

Markowitsch winkte ab.

„Das war unser erster großer Fall in Nördlingen vor sechs Jahren. Die Geschichte mit dem Türmer vom Daniel.

Sie waren damals nicht in die Ermittlungen involviert, Zacher."

„Nicht dass ich wüsste", antwortete dieser.

„Aber man kann ja nicht überall zur gleichen Zeit sein. Außerdem müssen die Kollegen ja auch irgendwie ihr Geld verdienen."

„Weiter im Text, bitte", drängte der Oberstaatsanwalt ungeduldig.

„Was haben Sie so Besonderes an den Dingern hier entdeckt, Zacher?"

„An denen eigentlich nichts. Außer, dass sich die Fingerabdrücke beider getöteten Frauen darauf befinden."

Frank Berger schnaufte hörbar aus, als er auf die beiden Kriminalbeamten sah.

„Also hatte ich recht mit meiner Vermutung, dass dies alles hier von diesem Doktor Akebe stammt."

„Sieht ganz danach aus", stimmte Markowitsch der Aussage Bergers zu.

„Allerdings bringt uns diese Erkenntnis in diesem Augenblick kein Stück in unseren Ermittlungen weiter, Zacher", sprach der den KTU - Leiter an.

„Das noch nicht, Markowitsch", meinte dieser.

„Aber sehen Sie sich doch mal dieses Foto hier an."

Alfred Zacher reichte dem Hauptkommissar eines der Bilder vom Tisch.

Es zeigte die Holztruhe, in der sich laut Untersuchungsbericht die Gegenstände befunden hatten.

Die Aufnahme zeigte diese Truhe in Großaufnahme.

Markowitsch betrachtete sich das Bild einige Sekunden lang und schien dabei unmerklich zusammenzuzucken, bevor er es an Peter Neumann weiterreichte.

Auch er erkannte sofort das Detail der Aufnahme, um das es Alfred Zacher anscheinend ging.

Als Frank Berger die Reaktionen der beiden Ermittler bemerkte, griff er ungeduldig nach dem Foto und riss es Peter Neumann sogleich regelrecht aus der Hand.

Die Augen des Augsburger Oberstaatsanwalts wurden groß, als auch er erkannte, was ihnen Alfred Zacher da präsentierte.

Auf dem leergeräumten, schon etwas verstaubten Boden der Holztruhe waren unmissverständlich die Umrisse eines Schwertes zu erkennen.

Die drei Männer sahen sich für einige Sekunden lang an.

Frank Berger fand als Erster die Worte, um die entscheidende Frage zu formulieren.

„Kann es sein, dass es sich hierbei um die Tatwaffe handelt, Herr Zacher?"

„Ich kann zwar nicht hellsehen, Herr Berger,

aber wenn Sie mir das Teil zur Untersuchung bringen, kann ich Ihnen kurze Zeit später die entsprechende Antwort darauf geben."

Robert Markowitsch mischte sich in das Gespräch ein.

„Das heißt, Sie haben dieses Schwert, das dort gelegen haben muss, nicht gefunden?"

„Richtig, Markowitsch", bestätigte Alfred Zacher. „Genau das heißt es."

Wieder herrschte Stille im Raum, bevor sich Frank Berger umdrehte und Richtung Bürotür ging.

Die Klinke in der Hand drehte er sich um und sah mit ernster Miene auf Robert Markowitsch und Peter Neumann.

„Sie wissen hoffentlich, was Sie nun zu tun haben, meine Herren", sagte er mit einem bestimmenden Tonfall, der keinen Widerspruch duldete.

„Sie drehen diese Stadt jetzt auf den Kopf und lassen keinen Stein auf dem anderen, bevor Sie mir nicht dieses verdammte Schwert gefunden haben."

Robert Markowitsch war erfahren genug, um selbst zu wissen, welche Schritte nun folgen mussten.

Deshalb gab er auch nicht allzu viel auf die Reaktion des Oberstaatsanwalts, sondern versuchte mit einer Bemerkung, die Anspannung etwas herauszunehmen.

„Da möchte ich aber nicht in Ihrer Haut stecken, Berger, wenn ich dem Nördlinger OB erzählen muss, dass ich in seinem Schmuckstück das Unterste nach oben drehen soll."

Frank Berger ließ die Klinke aus der Hand gleiten und trat dem Hauptkommissar einige Schritte entgegen, sodass er ihm Gesicht an Gesicht gegenüberstand.

Keine Handbreit hätte dazwischen gepasst.

„Es ist mir im Augenblick scheißegal, was dieser Steger dazu sagen könnte oder nicht, Markowitsch", sprach Frank Berger gefährlich leise.

„Dies ist eine Anordnung, die Sie meinetwegen auch schriftlich und vom Justizminister persönlich unterzeichnet mit nach Nördlingen nehmen können."

Er griff sich die große Tageszeitung vom Schreibtisch und hielt sie dem Hauptkommissar direkt unter die Nase.

Mit dem Zeigefinger tippte er mehrmals auf die Schlagzeile.

„Finden Sie mir das verfluchte Teil, Markowitsch, damit wir diesem Henker den Garaus machen können, bevor es vielleicht noch mehr Tote gibt."

Nach diesen ungewohnt scharfen Worten gegenüber den Kriminalbeamten knallte Frank Berger die Zeitung wieder auf den Schreibtisch, drehte sich um und verließ mit schnellen Schritten das Büro.

20. Kapitel

Es war kurz vor Mittag, als Robert Markowitsch seinen Dienstwagen auf dem Parkplatz vor dem Nördlinger Stiftungskrankenhaus abstellte.

Die beiden Beamten hatten beschlossen, auf ihrem Weg zunächst noch die Pflegedienstleitung des Bürgerheims, Frau Kahling, zu befragen, bevor sie Martin Steger über den aktuellen Stand der Ermittlungen in Kenntnis setzen wollten.

Dazu hatte Frank Berger noch durch einen Telefonanruf geraten, damit sich das Nördlinger Stadtoberhaupt nicht wieder übergangen fühle und anfinge, seine Beziehungen spielen zu lassen.

„Scheint sich ja zu einem richtigen Klinikkomplex zu entwickeln", meinte Peter Neumann beim Aussteigen mit einem Fingerzeig auf den neu errichteten Teil des Krankenhauses.

„Tja, wird wohl wie so Vieles in unserem Gesundheitswesen eine Entscheidung auf politischer Ebene sein, Neumann.

Große Gesundheitszentren mit spezialisierten Abteilungen auf wenige Standorte verteilt."

Als sich die beiden Beamten an der Rezeption nach Andrea Kahling erkundeten, mussten sie erfahren, dass diese bereits nach der Visite nach Hause entlassen worden war.

Robert Markowitsch zeigte seinen Dienstausweis und bat die Dame um den Namen und die Station des behandelnden Arztes.

Nachdem sie diesen in seinem Büro aufgesucht hatten, erfuhren sie, dass Andrea Kahling auf eigenen Wunsch die Klinik verlassen wollte, wobei sie sich schriftlich einverstanden erklärt hatte, die verordneten Medikamente noch weiter einzunehmen und einen Termin zur psychologischen Betreuung wahrzunehmen.

Markowitsch ließ sich die Adresse von Andrea Kahling aufschreiben, bedankte sich bei dem Arzt und reichte den Zettel an Peter Neumann weiter.

„Sie laden mich am Rathaus ab, Neumann und können anschließend Ihr Rendezvous wahrnehmen, während ich mich mit Herrn Steger auseinandersetze."

„Zu gütig, dass Sie mir die angenehmere Aufgabe überlassen, Chef", meinte Peter Neumann mit einem Lächeln.

„Kein Problem, Neumann", antwortete der Hauptkommissar.

„Nachdem Sie sich schon so darauf gefreut haben. Aber gehen Sie mir behutsam bei der Befragung vor. Das Erlebnis wird sicherlich traumatische Nachwirkungen haben."

„Selbstverständlich, Chef", antwortete Peter Neumann. „Sie können sich darauf verlassen."

„Gut", meinte Markowitsch. „Dann werde ich in der Zwischenzeit Martin Steger über das in meinen Augen Notwendigste in Kenntnis setzen.

Sobald Sie mit Ihrer Befragung fertig sind, können Sie mich in dem Café neben der Kirche abholen.

Ich habe vor, anschließend diesem Oliver Lauer noch einen Besuch abzustatten.

Schließlich war er ja wohl der Letzte, der Martina Karrer lebend gesehen hat.

Möglicherweise kann er uns ja den einen oder anderen Hinweis geben.

Ich kann mir immer noch nicht vorstellen, aus welchem Grund die Frau regelrecht hingerichtet wurde."

Wenige Minuten später verließ Robert Markowitsch vor dem Nördlinger Rathaus seinen Wagen und Peter Neumann machte sich auf den Weg zu Andrea Kahling.

*

„Es tut mir leid, der Herr Oberbürgermeister hat momentan eine Besprechung mit unserem Tourismusleiter", erfuhr Markowitsch von der Sekretärin im Vorzimmer des OB.

Ein Blick auf seine Uhr bestätigte das aufkommende Hungergefühl in seiner Magengegend.

„Da ich etwas unter Zeitdruck bin, möchte ich Sie bitten, das Gespräch zu unterbrechen", bat er die Dame.

„Herr Steger erwartet mich."

Das war zwar nicht die Wahrheit, aber als gelogen sah es Markowitsch auch nicht an.

Schließlich war es ja Martin Steger, der immer wieder auf Information seinerseits drängte.

Der Hauptkommissar vernahm einige Wortfetzen durch die geschlossene Tür von Martin Stegers

Amtszimmer, konnte jedoch nichts Genaues verstehen.

„Da hat wohl jemand Ärger mit Ihrem Chef?", fragte er die Sekretärin mit einem charmanten Lächeln.

Diese zuckte jedoch nur mit den Schultern.

„Ganz Nördlingen scheint Angst zu haben", meinte sie, „und diese Anspannung ist Herrn Steger ganz besonders anzumerken."

„Ist ja irgendwie auch verständlich", pflichtete Robert Markowitsch der Frau bei.

„Wir werden natürlich alles in unserer Macht stehende dafür tun, um diese beiden schrecklichen Morde schnellstmöglich aufzuklären."

Als die Sekretärin das Wort „Morde" aus dem Mund des Kriminalbeamten vernahm, zuckte sie zusammen.

Auch ihr stand die Angst ins Gesicht geschrieben.

„Man traut sich abends gar nicht mehr allein auf die Straße", sagte sie mit leicht stockender Stimme.

„Auch die Innenstadt ist nach Geschäftsschluss beinahe wie ausgestorben.

Hoffentlich hat das bald ein Ende, damit man hier wieder ruhig schlafen kann."

„Wie gesagt: Wir werden alles dafür tun, dass es bald vorbei ist.

Es gibt auch schon eine erste Spur. Mehr kann ich Ihnen aber leider nicht dazu sagen", versuchte Robert Markowitsch die offensichtlich verängstigte Frau zu beruhigen, die soeben am Büro des Oberbürgermeisters anklopfen wollte.

In diesem Moment wurde die Tür aufgerissen und der herausstürmende Mann wäre beinahe mit ihr zusammengestoßen.

„So können Sie mit mir nicht umgehen, Steger", rief der Mann noch, bevor er die Treppen hinunter eilte.

Martin Steger trat aus seinem Büro und entdeckte den Hauptkommissar zusammen mit seiner Angestellten im Vorzimmer.

„Ah, Herr Kommissar", sagte er etwas überrascht.

„Sie wollen sicherlich zu mir?

„Richtig, Herr Steger", antwortete Markowitsch.

„Hauptkommissar im Übrigen", meinte er noch und nickte der Sekretärin mit einem kurzen, aufmunternden Lächeln zu.

Martin Steger bat Robert Markowitsch in sein Büro.

„Kaffee?", fragte er kurz.

„Danke, nein", lehnte Markowitsch höflich ab.

„Ich habe noch zu tun. Ich wollte Sie nur kurz über den aktuellen Stand aus unserer Sicht informieren, damit es nicht wieder zu Missverständnissen kommt."

„Wenigstens mal eine positive Nachricht heute. Missverständnisse hab ich schon genug, Herr Markowitsch.

Wie weit sind Sie denn in Ihren Ermittlungen? Ich habe inzwischen weder hier im Rathaus, noch draußen auf der Straße auch nur eine ruhige Minute.

Selbst bei mir zu Hause klingelt ständig das Telefon.

Die Presseleute rennen mir das Haus ein und ich bin nicht in der Lage, eine vernünftige Antwort zu geben."

Robert Markowitsch hörte sich geduldig die Sorgen des Nördlinger Oberbürgermeister an.

„Ich kann Sie gut verstehen, Herr Steger. Die Lage ist sicherlich nicht besonders angenehm für Sie.

Es könnte allerdings sein, dass wir Ihre Nerven noch etwas weiter strapazieren müssen."

Martin Steger winkte nur mit scheinbarer Resignation ab.

„Noch weiter geht schon fast nicht mehr, Herr Hauptkommissar", seufzte er hörbar.

„Also: Womit haben Sie vor, mich noch weiter zu quälen?"

„Sie persönlich trifft es eher weniger", sprach der Augsburger Kripochef und versuchte dem OB verständlich darzustellen, was er vorhatte.

Martin Steger hörte sich die Erklärungen geduldig an, bevor er seine Bedenken äußerte.

„Sie glauben also, dass es sich bei diesem verschwundenen Teil um die Waffe handeln könnte, mit der die beiden Frauen getötet wurden?", fragte er.

„Das Ding kann doch weiß Gott wer gestohlen haben.

Aber vorausgesetzt, dass es jemand aus unserer Stadt gewesen ist: Sie können doch nicht jedes Haus und jedes Geschäft hier in Nördlingen auf den Kopf stellen."

Martin Stegers Blutdruck schien unaufhaltsam in

die Höhe zu klettern.

Markowitsch versuchte, ihn zu beruhigen.

„Das habe ich auch nicht vor", antwortete er mit Bestimmtheit.

„Sobald die Kollegen der Kriminaltechnik alle vorliegenden Spuren ausgewertet haben, wird sich so ein Kreis von möglichen Verdächtigen ergeben.

Dafür spricht unsere langjährige Erfahrung, Herr Steger."

Der OB überlegte nur ganz kurz, ehe er meinte:

„Also gut, Herr Markowitsch. Dann machen Sie den Herrschaften mal etwas Dampf unter dem Hintern und stellen Sie fest, wer da die Finger im Spiel haben könnte.

Nehmen Sie die Leute fest und finden Sie heraus, wer dieses perverse Individuum ist, damit endlich wieder Ruhe und Sicherheit in Nördlingen hergestellt werden kann."

„Wir arbeiten mit Hochdruck daran, Herr Steger", versuchte Markowitsch den Mann zu beruhigen, der bei seinen letzten Sätzen aufgeregt mit den Händen herumhantierte.

„Aber ganz so einfach ist es nicht.

Wie schon gesagt, müssen wir zuerst die Ergebnisse der Spurensicherung haben.

Sollte dabei die eine oder andere Person in Verdacht geraten, gilt es dafür zu sorgen, dass sie nicht noch weiteren Schaden anrichten kann.

Es wäre fatal, wenn wegen einer vorschnellen oder unbedachten Handlung noch jemand ums Leben käme."

Robert Markowitsch betrachtete sich das nachdenkliche Gesicht des Oberbürgermeisters.

„Haben Sie eine Vorstellung, Herr Steger, wer in Nördlingen Interesse an einem solchen afrikanischen Schwert haben könnte?

Vielleicht irgendein Sammler, der so ein Teil um jeden Preis besitzen möchte?"

Martin Stegers Antwort ließ nicht lange auf sich warten.

„Ehrlich gesagt habe ich keine Ahnung, Herr Markowitsch."

Steger überlegte nochmals.

„Oder glauben Sie etwa an irgendeinen Waffennarr, so wie es unser ehemaliger Stadtrat Karl Kübler war?"

Martin Steger hob abwehrend beide Hände.

„Gott bewahre, Herr Markowitsch. Noch so eine Geschichte wie diese würde ein äußerst schlechtes Licht auf die Verantwortlichen Nördlingens werfen."

Robert Markowitsch sah kurz auf seine Uhr.

„Ich muss leider weiter, Herr Steger", sagte er.

„War auch nur so eine Idee. Sollte Ihnen aber trotzdem noch irgendjemand einfallen, der Interesse an so einer altertümlichen Waffe haben könnte, so lassen Sie es mich bitte umgehend wissen."

21. Kapitel

Als Peter Neumann den Wagen vor dem Haus mit der Adresse von Andrea Kahling abstellte, vernahm der einen Klingelton an der Mittelkonsole von Markowitsch's Dienstfahrzeug.

Hat der Chef doch in der Eile sein Handy vergessen, dachte er sich.

Als er auf dem Display den Namen Alfred Zachers erkannte, nahm er das Gespräch sofort an und meldete sich.

„Hallo Herr Neumann", hörte er die Stimme des KTU-Leiters.

„Machen Sie jetzt schon Telefondienst für den alten Haudegen?"

Peter Neumann lachte.

„Nein, das nicht gerade. Aber momentan bleibt mit nichts anderes übrig, da ich mit dem Wagen unterwegs bin, während Herr Markowitsch sein Handy darin liegen gelassen hat, und im Augenblick wohl dem Nördlinger OB Bericht erstattet."

„Auch gut", meinte Alfred Zacher, „Sage ich eben Ihnen, was ich Ihrem Chef mitteilen wollte."

„Nur immer raus mit der Sprache", forderte Peter Neumann seinen Gesprächspartner auf.

„Alles, was für ihn wichtig ist, interessiert mich ebenso brennend.

Haben Sie wichtige Neuigkeiten, die uns endlich auf eine heiße Spur bringen könnten?"

„Ob Sie wichtig sind, das überlasse ich Ihnen

beiden, Neumann", antwortete Zacher.

„Auf jeden Fall haben wir etwas entdeckt, das Ihnen genauso seltsam vorkommen dürfte wie mir."

„Na, da bin ich aber mal gespannt", wurde der Kriminalbeamte neugierig.

„Dann mal raus mit der Sprache."

Alfred Zacher holte etwas Luft, bevor er zu seinem Kurzbericht ansetzte.

„Also", begann er. „Wir haben jetzt die Spuren aus der Wohnung des zweiten Opfers, dieser Christine Akebe, ausgewertet.

Es hat sich bei der Obduktion herausgestellt, wie ich schon am Tatort vermutet habe, dass Frau Akebe in der glücklichen Lage war, ihre Enthauptung nicht bei lebendigem Leib erlebt zu haben."

Peter Neumann musste schlucken, als er die ersten Sätze aus dem Munde Alfred Zachers vernommen hatte.

„Wie um alles in der Welt kann man das glücklich nennen, wenn man gewaltsam sein Leben verliert?", fragte er.

Diese eigene Ausdrucksweise der Pathologen ist manchmal schon sehr gewöhnungsbedürftig, wenn nicht gar sarkastisch, dachte er sich.

„In diesem Fall würde ich es trotz der tragischen Umstände sehr wohl als glücklich bezeichnen, Herr Neumann", kam die Antwort Alfred Zachers.

„Stellen Sie sich vor, Sie stehen wie ein Opferlamm vor Ihrem Henker, der Ihnen in wenigen Augenblicken unweigerlich mit einem Schwert den Kopf von den Schultern schlagen wird."

„Um Himmels willen", widersprach Peter

Neumann der Aufforderung des Pathologen.

„Ersparen Sie mir derartige Vorstellungen, Herr Zacher."

„Sehen Sie, Neumann. Deshalb meine Bemerkung.

Frau Akebe wurde im Übrigen nicht niedergeschlagen.

Wir haben an der Kante des Wohnzimmertisches Blutspuren und Haarreste entdeckt.

Sie wurde also entweder dort hingestoßen, oder sie ist gestürzt und mit dem Kopf dort dagegen geknallt.

Bei der Autopsie konnten wir anhand des Schädelinneren feststellen, dass sie dadurch erhebliche Verletzungen erlitten haben muss.

Eventuell hat sie sich sogar dabei das Genick gebrochen, dies ließ sich jedoch auf Grund der anschließenden Enthauptung nicht mehr eindeutig nachweisen.

Auf alle Fälle dürfte sie durch diesen Aufprall unmittelbar gestorben sein, wodurch ihr, wie schon gesagt, das Weitere erspart blieb."

Es folgten einige Sekunden Pause, bevor Peter Neumann eine Frage an Alfred Zacher richtete.

„Nur mal so aus ganz persönlichem Interesse, Herr Zacher.

Wie lange dauert es Ihrer Meinung nach, bis man sich an diese detaillierten Schilderungen der Ärzte aus der Kriminaltechnik gewöhnt hat?"

Alfred Zacher konnte sich ein leises Lachen nicht verkneifen.

„Ach kommen Sie, Neumann. Ich versuche doch

nun wirklich, Ihnen die Ergebnisse meiner Autopsie so schonend als möglich zu erläutern.

Auch wenn ich dazu sagen muss, dass das, was ich in den letzten Tagen zu tun hatte, hoffentlich nicht zur Gewohnheit werden wird."

„Das kann ich durchaus nachfühlen", antwortete Peter Neumann.

„Was hat sich denn außer der vermeintlichen Todesursache von Frau Akebe noch bei der Spurenauswertung ergeben?"

„Tja, das ist der eigentliche Grund meines Anrufs, Herr Neumann.

Wir haben an einem Glas aus der Wohnung Frau Akebes eine DNA entdeckt, die Sie sicherlich brennend interessieren dürfte.

Zudem gab es noch Fingerabdrücke, die wir auch schon am Tatort des ersten Opfers sichergestellt hatten."

Peter Neumann überlegte einen Moment, bevor er fragte:

„Dann sehe ich das richtig, dass Sie die DNA gleich selbst ausgewertet haben, Herr Zacher?"

„Haben wir, Neumann, haben wir. Dabei hat sich herausgestellt, dass es Parallelen zu einem längst abgeschlossenen Fall zu geben scheint, oder besser gesagt, geben muss."

Der Augsburger Kriminalbeamte wurde neugierig. Er entschloss sich kurzerhand, den Befragungstermin bei Andrea Kahling zu verschieben.

„Wie kommen Sie denn darauf, Herr Zacher?", fragte er.

„Nun ja", meinte dieser. „Ich hatte zwar persönlich mit dieser Geschichte nichts zu tun, habe mich jedoch bei einem meiner Kollegen kundig gemacht, der damals mit den Untersuchungen betraut war.

Genaue Angaben konnte er aber auch nicht machen.

Die Polizeiakte selbst ist, na sagen wir mal, nicht sonderlich aufschlussreich.

In der kurzen Zeit, in der ich mir das Gröbste durchgelesen hatte, wurde ich nicht recht schlau aus den Ergebnissen.

Eines kann ich Ihnen allerdings mit Gewissheit sagen: Die DNA lügt nicht."

Peter Neumann wusste nach den letzten Sätzen nicht genau, was er nun mit der Aussage des Polizeiarztes anfangen sollte.

„Um welche DNA geht es denn nun eigentlich, Herr Zacher?", wollte er wissen.

Alfred Zacher legte eine kurze Pause ein. Ganz so, als wüsste er nicht genau, wie er das Untersuchungsergebnis verständlich erklären sollte.

„Herr Zacher?", fragte Peter Neumann nach.

„Sind Sie noch dran? Der Akku reicht nicht ewig."

Es war eindeutig zu hören, wie Alfred Zacher tief Luft holte, bevor seine Stimme wieder zu hören war.

„Kurz und gut gesagt, Neumann, dürfte es diese DNA eigentlich gar nicht geben."

Peter Neumann stutzte.

„Wie bitte? Hab ich das richtig verstanden? Sie haben eine eindeutige Spur gefunden, die es gar nicht gibt?

Das klingt jetzt aber schon ein wenig paradox, oder?"

„Das dachte ich zuerst auch", gab Alfred Zacher zu.

„Aber der Abgleich mit der Datenbank des BKA lässt keine Zweifel aufkommen.

Natürlich könnte ein Fehler in der EDV vorliegen, das wäre eine schlüssige Erklärung.

Aber mal ehrlich, Neumann. Wie oft ist das schon vorgekommen?"

„Bei meinen bisherigen Ermittlungen noch nie, Herr Zacher", kam Neumanns Antwort.

„Also: von wem stammt diese seltsame Spur denn nun?"

„Wenn ich dem Datenbankabgleich glauben darf, dann ist der Träger dieses Erbguts ein gewisser Doktor Michael Akebe."

Peter Neumann zögerte zuerst etwas mit seiner Antwort. Schließlich zwang er sich ein kurzes Lachen ab.

„Ich glaube, ich werde langsam alt, Herr Zacher. Ich habe doch glatt verstanden, Sie hätten gerade Doktor Michael Akebe gesagt."

„Neumann", erwiderte Alfred Zacher, „soweit ich weiß, haben Sie die Vierzig noch nicht erreicht.

Nein, Sie haben mich schon richtig verstanden. Ich habe tatsächlich Doktor Michael Akebe gesagt."

Das, was der Chef der kriminaltechnischen Abteilung in den nächsten Sekunden von seinem Gesprächspartner zu hören bekam, war … Nichts!

„Ist der Akku jetzt alle, Neumann, oder weshalb reden Sie nicht mehr mit mir?", wollte er wissen.

„Hat es Ihnen die Sprache verschlagen?"

„Kann man wohl so sagen, Herr Zacher", kam Peter Neumanns Antwort nun etwas sorgenvoll zurück.

„Hört sich ja gerade so an, als würden Sie mir nicht glauben?"

Alfred Zachers Stimme klang seltsam, als er Peter Neumann diese Frage stellte.

„Sie können das Ergebnis der Computeranalyse gerne selbst überprüfen. Fachmann dazu sind Sie ja genug."

„Wenn es nicht aus Ihrem Mund käme, so würde ich diese Möglichkeit sogar wahrnehmen, Herr Zacher", antwortete der Kriminalbeamte.

„Aber so? Sie bringen mich damit in Teufels Küche. Ich habe keine Ahnung, wie ich das meinem Chef beibringen soll."

„Dann würde ich vorschlagen, dass Sie beide jetzt auf dem schnellsten Weg ins Büro kommen und wir uns dort treffen.

Mich interessiert jetzt doch brennend, was es mit diesem Doktor Akebe auf sich hat", sprach der Pathologe.

*

Eine gute Stunde später fuhr der Dienstwagen von Robert Markowitsch auf das Gelände des Polizeipräsidiums Schwaben Nord.

Keine fünf Minuten darauf betraten die beiden Männer Markowitsch's Büro.

Alfred Zacher saß am Schreibtisch des Hauptkommissars und schien in seine Unterlagen vertieft zu sein.

Ohne lange Umschweife legte Robert Markowitsch los.

„Eins gestehe Ihnen ja in allen Belangen zu, Doc: Sie sind ein hervorragender Arzt auf dem Gebiet der Kriminaltechnik und ich möchte Ihnen in keinem Fall zu nahe treten.

Aber selbst für einen Fachmann ihres Kalibers dürfte es unmöglich sein, Tote zum Leben zu erwecken. Da kann nur ein Irrtum vorliegen."

Mit einem Blick auf seinen Kollegen sprach er weiter:

„Los, wir gehen rüber in Ihr Allerheiligstes, Neumann.

Streicheln Sie ihrem Lieblingsspielzeug mal die Wangen, oder treten Sie ihm gewaltig in den Hintern.

Irgendwo muss in dieser vermaledeiten Elektronik der Wurm drin sein.

Ich weiß schon, warum ich mich nicht damit anfreunden kann."

Alfred Zacher hatte sich inzwischen vom Stuhl des Hauptkommissars erhoben und den Wortschwall des Kripochefs über sich ergehen lassen.

„Markowitsch", versuchte er mit ruhiger Stimme zu erklären, indem er auf seine Unterlagen deutete.

„Das Ergebnis ist eindeutig. Auch wenn ich einen technischen Fehler nicht hundertprozentig ausschließen will.

Mir ist so einer in diesem Zusammenhang jedoch noch nie vorgekommen.

Wir haben das Ergebnis auch mit der DNA von Abedi Akebe verglichen. Dem Vater, der laut Eintragungen in der Akte bei einem zweifelhaften Autounfall ums Leben kam.

Da gibt es nichts dran zu rütteln. Ein Vaterschaftstest würde wohl eine neunundneunzig prozentige Übereinstimmung ergeben."

Markowitsch's Stimme wurde lauter.

„Ach was", winkte er ab.

„Ich habe es damals doch selbst mit eigenen Augen gesehen, wie dieser Akebe auf dem Dachboden sein Leben ausgehaucht hat, Zacher."

„Alfred Zacher sah den Hauptkommissar fragend an.

„Sie waren dabei?"

„Oh ja, Zacher und nicht nur dabei. Ich selbst habe dafür gesorgt, dass dieser Voodoo-Doktor kein Unheil mehr anrichten konnte.

Auch wenn dies nur mit Hilfe seiner eigenen Mutter möglich war."

Markowitsch's Blick traf Peter Neumann.

„Und dank Ihrer Recherchen selbstverständlich, Neumann. Wir beide saßen damals ganz schön in der Tinte, oder?"

Robert Markowitsch ging zu seinem Schreibtisch und setzte sich.

Er wurde seltsam ruhig in diesem Augenblick und seine Gedanken schweiften um einige Jahre zurück.

Er sah sich im Haus der Familie Akebe, glaubte zu erkennen, wie er mit Christine Akebe die Treppen zum Dachboden hinauf stieg und seine Waffe aus dem Halfter zog, die er aber Gott sei Dank nicht einsetzen musste.

Fast körperlich spürte er den Schlag gegen seine Schulter, als er die Tür zum Dachboden aufbrach.

In der Dunkelheit des Raumes saß Doktor Michael Akebe auf einem Teppich, scheinbar in tiefer Trance versunken.

Es hatte lange gedauert, bis er den fremdartigen Kräutergeruch wieder aus der Nase hatte.

Fast schien es dem Hauptkommissar so, als würde er sich inmitten dieser schaurigen Szene wiederfinden.

Bum, bum, bum …

Der einschläfernde Klang der Trommel, die Michael Akebe damals schlug, drang an Robert Markowitsch's Ohren, malträtierte sein Gehör.

Peter Neumann und Alfred Zacher, standen beide wie angewurzelt und beobachteten das seltsame Verhalten des Kriminalhauptkommissars.

Sie erkannten, wie Robert Markowitsch in diesem Moment beide Hände an die Ohren legte und seine Augen weit öffnete.

„Aufhören, verdammt", schrie er laut durch das Büro.

Wie zur Kontrolle nahm er die Hände von seinem Kopf, hörte jedoch wieder das Geräusch, bis er letztendlich wahrnahm, dass dies aus der Richtung seiner Bürotür kam.

Augenblicklich setzte er sich auf und wischte sich kurz über die Stirn, auf der sich einige Schweißtropfen gebildet hatten.

„Ja bitte", rief er in Richtung Tür, die sich unmittelbar darauf öffnete.

Die drei Männer erkannten Frank Berger, den Augsburger Oberstaatsanwalt, der das Büro betrat.

„Na endlich, Markowitsch", sagte er und sah sich etwas verwundert um.

„Ich dachte schon, Sie wollen mich heute überhaupt nicht rein bitten."

Dank seiner langjährigen Erfahrung hatte er sich relativ schnell wieder im Griff.

„Ach kommen Sie, Berger. Seit wann warten Sie denn darauf, dass ich Sie zum Eintreten auffordere.

Sie sind doch sonst nicht so schüchtern."

„Mag sein, Markowitsch", antwortete Frank Berger.

„Aber mir kam dort vor der Tür gerade irgendetwas seltsam vor, das ich mir nicht erklären konnte."

Er winkte kurz ab.

„Egal. Wie mir Ihr Kollege Neumann mitgeteilt hat, haben Sie endlich eine heiße Spur?"

„Die ich momentan allerdings noch als sehr vage betrachte, Berger."

Markowitsch sah Alfred Zacher etwas skeptisch an, bevor er sich an seinen Kollegen wandte.

„Also los, Neumann. Nachdem ja nun alle versammelt sind, gehen wir rüber und fühlen der Geschichte unseres verehrten Herrn Doktor mal auf den Zahn."

Der letzte Satz bescherte ihm einen leicht säuerlichen Blick von Alfred Zacher.

„Machen Sie mich bloß nicht dafür verantwortlich, wenn sich das als Falschmeldung herausstellt,

Markowitsch.

Und eventuell können mich die Herren ja bei dieser Gelegenheit mal über den Sachverhalt dieser alten Geschichte aufklären, damit ich die Zusammenhänge etwas besser verstehe."

„Geduld, Zacher, Geduld", meinte Robert Markowitsch mit väterlicher Stimme.

„Ich habe Ihnen schon gesagt, dass ich nicht an Ihren Fähigkeiten zweifle.

Aber in diesem Fall will ich absolute Gewissheit haben.

Also lassen Sie uns erst durch Neumann das Ergebnis prüfen, anschließend klären wir Sie auf."

Frank Berger, der den drei Männern nach nebenan gefolgt war, meldete sich zu Wort.

„Dürfte ich darum bitten, dass Sie mich ebenfalls an ihrem Gedankengut teilhaben lassen, Markowitsch?"

Der Hauptkommissar hatte seine Ironie wiedergefunden.

„Selbstverständlich, Berger. Wegen mir ist noch keiner unwissend verstorben."

Peter Neumann saß inzwischen an seinem Computerarbeitsplatz und loggte sich in das zuständige System ein.

Während er die Ergebnisse des Polizeiarztes bis ins Detail überprüfte, war Robert Markowitsch noch einmal in sein Büro zurückgegangen, um für sich und die Kollegen Cappuccino zu holen.

Mit ihren Tassen in den Händen platzierten sich die drei Männer so, dass Sie Peter Neumann bei seiner Arbeit über die Schulter schauen konnten.

Als nach wenigen Minuten schließlich das Ergebnis auf dem Bildschirm war, sah sich Alfred Zacher in seiner Arbeit bestätigt.

Robert Markowitsch blieb der zufriedene, aber auch erleichterte Gesichtsausdruck des KTU-Leiters nicht verborgen.

Er klopfte ihm leicht auf die Schulter.

„Ich hoffe, dass Sie mir meine anfänglichen Zweifel nicht übel nehmen. Sie hatten recht, Zacher."

Mit leiser, fast resignierender Stimme fügte er noch hinzu:

„Leider."

„Wieso leider, Markowitsch?", fragte Zacher nach.

„Ich glaube, dass Sie mir langsam eine Erklärung schuldig sind."

Markowitsch stand da, eine Hand in der Hosentasche, den Blick scheinbar ausdruckslos an die Wand gerichtet.

„Die sollen Sie bekommen, Zacher", sagte er.

„Gehen wir rüber in mein Büro."

*

Eine gute Stunde später war auch Alfred Zacher im Groben über das damalige Geschehen in Nördlingen unterrichtet.

„Als Wissenschaftler erlauben Sie mir aber schon gewisse Zweifel an Ihrer Theorie, meine Herren", sagte er zu den beiden Kollegen, wobei er seinen Blick anschließend auf den Augsburger Oberstaatsanwalt richtete.

„Was halten Sie denn von der Sache, Herr Berger?"

Abwehrend hob Frank Berger beide Hände.

„Lassen Sie mich bloß da raus. Ich habe das Ganze damals auch nur mehr am Rande mitbekommen.

Voodoo-Zauber und magische Rituale fallen nicht in mein Resort.

Ich bin ein Mann der handfesten Beweise. Ohne diese sind mir meistens die Hände gebunden."

Alfred Zacher deutete mit der Hand in Richtung des Büros von Peter Neumann.

„Da drüben haben Sie ja nun ihren handfesten Beweis. Aber so wie sich die Lage momentan darstellt, lässt sich ja wohl nicht allzu viel damit anfangen."

„Dumme Frage, Zacher", meldete sich nun Robert Markowitsch wieder zu Wort.

„Könnte es sein, dass die Spuren, die Sie an diesem Glas gefunden haben, schon älter sind?

Soweit ich weiß, lässt sich eine DNA doch auch nach Jahren noch feststellen."

„In dieser Hinsicht haben Sie zwar recht, Markowitsch, aber ich muss Sie leider enttäuschen.

Das, was wir am Glas als DNA von diesem Akebe identifiziert haben, waren Speichelreste, keine vierundzwanzig Stunden alt.

Das kann ich mit Gewissheit sagen."

Wer Robert Markowitsch in diesem Moment ansah, konnte erkennen, wie diesem erfahrenen Kriminalbeamten die Ratlosigkeit ins Gesicht geschrieben schien.

Beinahe schon resignierend ließ er die Schultern hängen, scheinbar am Ende seiner Weisheit angelangt.

Mit einem Mal richtete er sich auf und sah nacheinander seine Kollegen an.

„Ich muss gestehen, dass ich ratlos bin, meine Herren. Im Augenblick weiß ich nicht weiter.

Wir vertagen das Ganze auf morgen. Ich muss erst mal eine Nacht drüber schlafen, ehe ich hier entgegen meiner Gewohnheit noch eine Dummheit begehe und den Fall an einen anderen Kollegen abgebe."

Oberstaatsanwalt Frank Berger erkannte sofort den Ernst der Situation, in der sich der Hauptkommissar zu befinden schien.

„Wohl gar keine so schlechte Idee, Markowitsch. Ich denke, dass wir alle eine kleine Erholungspause gebrauchen könnten.

Sollte einem von Ihnen zwischenzeitlich noch etwas einfallen, lassen Sie es mich bitte umgehend wissen."

Mit diesen Worten verabschiedete sich Frank Berger und verließ das Büro.

Alfred Zacher folgte ihm kurz darauf, sodass sich Robert Markowitsch und Peter Neumann wieder alleine in ihrem Reich befanden.

„Was halten Sie denn von der ganzen Geschichte, Neumann?", wollte Markowitsch noch wissen, bevor er sich ebenfalls auf den Heimweg begab.

„Ich weiß nicht so recht", meinte dieser.

„Nach allem, was wir damals in Nördlingen mit

diesem Doktor Akebe erlebt haben, bin ich mir fast sicher, dass es Dinge zwischen Himmel und Erde gibt, die sich nicht mit dem Begriff Normalität beschreiben lassen."

Markowitsch sah seinen Kollegen mit zusammengekniffenen Augen an.

„Sie wollen mir jetzt aber nicht allen Ernstes damit sagen, dass dieser Voodoo-Doktor von den Toten auferstanden ist, nur um sich an seiner Mutter dafür zu rächen, dass Sie ihn mehr oder weniger verraten hat?

Selbst wenn ich persönlich damals die Bekanntschaft mit, sagen wir mal, nicht alltäglichen Situationen machen musste, Neumann:

Eine solche Theorie würde ich nicht nur als weit hergeholt, sondern wohl eher schon als Hirngespinst bezeichnen."

Peter Neumann stand am Schreibtisch des Hauptkommissars, hatte die Arme verschränkt, und begann sich nun das Kinn zu massieren.

„Ich muss ja zugeben, Chef, dass dies sehr unrealistisch wäre.

Außerdem: Warum hätte er dann zuerst diese Frau Karrer umbringen sollen?

Nein! Es muss eine andere Erklärung für diese seltsame DNA-Spur geben.

Wenn ich nur wüsste, wo man dabei mit der Suche ansetzen kann."

Robert Markowitsch trat neben seinen Kollegen an den Schreibtisch und klopfte ihm kurz auf die Schulter.

„Sie sollten sich jetzt auch eine Pause gönnen,

Neumann.

Machen Sie Feierabend und versuchen Sie sich mal mit etwas anderem abzulenken.

Vielleicht kommen Ihnen dann wieder klare Gedanken.

Wir sehen uns morgen."

22. Kapitel

Als Oberbürgermeister Martin Steger gegen acht Uhr am folgenden Tag in seinem Büro im Nördlinger Rathaus eintraf, legte er seine mitgebrachten Unterlagen auf dem Schreibtisch ab und öffnete die Tür zum Vorzimmer seiner Sekretärin.

„Guten Morgen, Frau Schwab", begrüßte er die Frau, in dem er ihr die Hand reichte.

„Guten Morgen, Herr Steger", erwiderte diese den Gruß mit etwas bedrückter Stimme.

Martin Steger schien sofort zu bemerken, dass seine Sekretärin etwas auf dem Herzen hatte.

„Schlecht geschlafen?", fragte er und fügte sofort hinzu:

„Na, ja. Kein Wunder, bei dem, was hier seit einigen Tagen wieder los ist."

„Da haben Sie wohl recht, Herr Steger", meinte die Frau, als sie dem OB seinen gewohnten Kaffee einschenkte.

„Man traut sich nach Feierabend ja kaum noch auf die Straße. Schon gar nicht als Frau."

Martin Steger nahm auf einem Stuhl am Schreibtisch von Frau Schwab Platz und trank einen Schluck aus seiner Tasse.

„Sie sind nicht die Einzige, die so denkt, Frau Schwab", sagte er, wobei die Anspannung in seinen Worten nicht zu überhören war.

„Überall wo ich mich seit vorgestern sehen lasse, höre ich die gleichen Sätze.

Tun Sie doch was, Herr Steger. Man ist ja als Frau nicht mehr sicher in Nördlingen. Wann kann man denn in unserer Stadt endlich wieder ruhig schlafen, Herr Steger usw. usw."

Der OB hatte den Kaffeelöffel zur Hand genommen und rührte bei seinen Worten gedankenverloren in der Tasse herum.

„Die täglichen Schlagzeilen in den Rieser Nachrichten verfolgen mich bis in den Schlaf.

Ich sehe nachts schon dunkle Gestalten mit Kapuze und Henkerbeil in meinem Schlafzimmer stehen."

Er schaute seine Angestellte an, die inzwischen mit erwartungsvollem Blick ihm gegenüber Platz genommen hatte.

Ganz so, als würde sie genau in diesem Moment eine Lösung aus dem Munde des Nördlinger Stadtoberhaupts erwarten.

„Das kann so nicht mehr lange weitergehen, Frau Schwab", meinte er.

„Deshalb habe ich einen Entschluss gefasst."

Der fragende Blick seiner Sekretärin ruhte auf Martin Steger.

„Ich hatte gestern Abend noch eine kurze Unterredung mit Hauptkommissar Schuhmann, bei der ich ihm deutlich zu verstehen gegeben habe, dass er die Polizeipräsenz in der Stadt erhöhen muss."

„Das wäre immerhin ein Schritt, um die Leute in Nördlingen etwas zu beruhigen", pflichtete Gabriele Schwab dem OB zu.

„Der Meinung bin ich auch", antwortete Martin Steger.

„Allerdings hat mir Schuhmann zu verstehen gegeben, dass er dafür nicht genügend Beamte zur Verfügung habe, ohne in diesem Fall die anderen Aufgaben der Polizei zu vernachlässigen."

Er leerte mit einem tiefen Schluck seine Tasse, stellte diese auf den Unterteller zurück und erhob sich von seinem Stuhl.

„Deshalb", so sagte er entschlossen, „werde ich bei der Augsburger Kriminalpolizei um Unterstützung für unsere Polizeidienststelle ersuchen."

Gabriele Schwab stand ebenfalls von ihrem Platz auf und griff nach dem Kaffeegeschirr ihres Chefs, um dieses aufzuräumen.

„Das wäre in meinen Augen aber doch die Aufgabe von Herrn Schuhmann, oder nicht?", fragte sie Martin Steger.

Dieser winkte nur kurz ab.

„Sicher, sicher", meinte er. „Aber nachdem ich Herrn Markowitsch inzwischen nun schon einige Zeit kenne und auch den Draht zur Staatsanwaltschaft habe, ist die Sache wohl besser auf dem kleinen Dienstweg zu regeln."

Martin Steger stand mittlerweile an der Tür zu seinem Büro, als er weitersprach.

„Rufen Sie doch am besten gleich in Augsburg an und stellen Sie mir das Gespräch rüber, Frau Schwab."

„Wie Sie wünschen, Herr Steger", antwortete die Sekretärin mit einem Blick auf den Kalender ihres Bildschirms.

„Sie haben allerdings jetzt gleich einen Termin mit Herrn Lauer. Er hat mich gestern Abend noch darum gebeten. Soll ich den verschieben?"

Martin Steger, der gerade die Tür hinter sich schließen wollte, blieb kurz stehen.

„Lauer?", fragte er mit etwas gereiztem Unterton.

„Was will der denn schon wieder? Ich dachte, dass ich ihm letztes Mal deutlich zu verstehen gegeben habe, was ich zum jetzigen Zeitpunkt von seinen Ideen halte."

„Das war auch nicht zu überhören, Herr Steger", seufzte die Sekretärin.

„Aber was soll ich denn machen, wenn er …?"

„Schon gut", unterbrach sie der Oberbürgermeister und überlegte kurz.

„Rufen Sie in seinem Büro an und richten Sie ihm aus, dass mir etwas dazwischen gekommen ist.

Ich werde mich wegen seines Termins bei ihm melden.

Und dann stellen Sie mir das Gespräch mit Herrn Markowitsch durch."

Mit diesen Worten drehte sich Martin Steger um und zog die Tür hinter sich ins Schloss.

23. Kapitel

Hauptkommissar Gerd Schuhmann glaubte nicht richtig gehört zu haben, als er die Worte von Robert Markowitsch aus dem Telefonhörer vernommen hatte.

„Steger hat was?", fragte er seinen Gesprächspartner ungläubig.

„Ist der denn von allen guten Geistern verlassen, über meinen Kopf hinweg bei Ihnen anzurufen, Markowitsch?"

„Ich habe mich auch schon darüber gewundert, Herr Kollege, dass Sie seit Neuestem einen so hochrangigen Sekretär beschäftigen", versuchte der Augsburger Kripochef mit einem süffisanten Unterton in der Stimme den Kollegen zu beruhigen.

„So etwas ist mir in meiner Laufbahn noch nicht vorgekommen, Markowitsch", schimpfte Gerd Schuhmann.

„Der hat sie doch wohl nicht mehr alle. Das grenzt ja beinahe schon an Amtsanmaßung.

Noch sehe ich mich selbst in der Lage zu entscheiden, was hier in Nördlingen notwendig ist oder nicht.

Dem werde ich was erzählen, Markowitsch. Worauf Sie sich verlassen können."

Der Augsburger Kriminalhauptkommissar konnte die Ungehaltenheit von Gerd Schuhmann gut verstehen.

Trotzdem wollte er nicht, dass sich die Situation

in Nördlingen durch das unbedachte Vorgehen Martin Stegers unnötig zuspitzt.

Was er jetzt am Allerwenigsten gebrauchen konnte, war ein gegenseitiges Misstrauen der Behörden.

Er wartete einige Sekunden ab, bis er das Gefühl hatte, dass sich Gerd Schuhmann in seiner ersten, natürlich absolut verständlichen Aufregung wieder etwas beruhigt hatte.

„Ich habe mich nicht darum gerissen, Schuhmann, die Ermittlungen in Nördlingen zu übernehmen.

Das ist allein eine Entscheidung der Staatsanwaltschaft gewesen.

Aber ich würde Ihnen gerne einen Vorschlag machen."

Nach einer kurzen Pause vernahm er wieder die Stimme seines Gesprächspartners.

„Also gut, Markowitsch. Lassen Sie hören."

Der Augsburger Kripochef holte einmal tief Luft, bevor er Schuhmann seinen Gedanken mitteilte.

„Es ist so, dass wir momentan scheinbar keinerlei konkreten Ansatz haben, in welche Richtung wir unsere Ermittlungen lenken sollen.

So wie es aussieht, könnte es Parallelen zu einer Geschichte geben, die vor sechs Jahren in Nördlingen vorgefallen ist."

Gerd Schuhmann wusste sofort, worauf Markowitsch anspielte.

„Sie sprechen von den Todesfällen um den Türmer Markus Stetter?"

„Richtig", bestätigte Robert Markowitsch die Vermutung seines Kollegen.

„Wie diese, ich will es mal so sagen, Todesfälle zustande gekommen sind, ließ sich nie eindeutig aufklären.

Der Hauptverdächtige, Doktor Michael Akebe, übrigens der Sohn unseres zweiten Opfers, kam dabei selbst ums Leben."

„Habe ich aus den Akten gelesen", antwortete Gerd Schuhmann.

„Aber ehrlich gesagt bin ich aus den Erklärungen nicht wirklich schlau geworden und weitere Details waren nicht zu bekommen."

„Die wollen Sie auch gar nicht wissen, Schuhmann", gab Markowitsch zurück und musste dabei schlucken.

„Es gibt gute Gründe dafür, weshalb die Einzelheiten von der Staatsanwaltschaft unter Verschluss gehalten wurden.

Nur so viel dazu: Gewisse Dinge lassen sich mit gesundem Menschenverstand einfach nicht erklären, wenn man sie nicht mit eigenen Augen gesehen hat."

Der Kriminalhauptkommissar legte eine kurze Pause ein, um nach den richtigen Worten zu suchen.

„Genau darin liegen momentan bei uns in Augsburg die größten Zweifel.

Entweder geht hier irgendetwas nicht mit rechten Dingen zu, oder wir sind alle miteinander vollkommen blind und sehen den Wald vor lauter Bäumen nicht.

Die ganze Stadt scheint vor Angst verunsichert

zu sein.

Deshalb mein Vorschlag an Sie:

Wir sollten uns zusammensetzen, um alle bisherigen Erkenntnisse noch einmal genau zu analysieren.

Irgendwo ist ein Knoten in der Geschichte, den wir lösen müssen.

Jede Kette hat ein schwaches Glied, Schuhmann. Wir müssen es nur finden."

„Gut", meinte der Nördlinger Hauptkommissar.

„Setzen wir uns also zusammen. Wann sollen wir ins Augsburger Präsidium kommen?"

„Ich glaube, es wäre vorteilhafter, wenn wir uns irgendwo in Nördlingen treffen", widersprach Markowitsch dem Gedanken Gerd Schuhmanns.

„Sollte es kurzfristig notwendig sein, sich an einem der Tatorte noch einmal umzuschauen, ist es besser, wenn wir vor Ort sind."

„OK", kam Schuhmanns Antwort. „Welchen Treffpunkt schlagen Sie vor?"

„Nachdem wir wohl oder übel auch ihren Oberbürgermeister mit einbeziehen müssen, Sie haben ja eh noch ein Hühnchen mit ihm zu rupfen", lachte Markowitsch, „sollten wir uns vielleicht im Nördlinger Rathaus treffen."

„Meinetwegen", willigte Gerd Schuhmann in den Vorschlag von Robert Markowitsch ein.

„So kann ich diesem Wichtigtuer wenigstens gleich mal anständig die Meinung geigen."

„Machen Sie es gnädig, Kollege", sprach Markowitsch mit beruhigender Stimme.

„Der Mann scheint auch schon, wie wir alle, auf

dem Zahnfleisch daher zu kommen.

Irgendwie kann ich ihn ja verstehen."

„Mag sein", konterte Schuhmann. „Aber es gibt gewisse Spielregeln und diese gelten auch für einen Martin Steger."

„Dann würde ich vorschlagen, dass wir uns gegen vierzehn Uhr im Büro vom OB treffen", schlug Robert Markowitsch vor.

„Ich werde ihn persönlich über unser geplantes Treffen unterrichten."

Er wollte das Gespräch schon beenden, als ihm noch etwas einfiel.

„Ach ja, Herr Schuhmann. Bringen Sie doch bitte auch den Kollegen mit, der die Befragungen vor Ort durchgeführt hat."

„Das war Polizeiobermeister Peter Wagner. Ich werde ihm Bescheid geben, dass er sich zur Verfügung hält."

„Gut", sprach Markowitsch zufrieden.

„Ich werde meinen Kollegen Neumann vorab noch nach Nördlingen schicken, um die Vernehmung dieser Andrea Kahling nachzuholen. Diese steht immer noch aus."

„Ich denke, das können Sie sich sparen, Herr Markowitsch", meinte Gerd Schuhmann.

„Ich habe die Frau gestern Abend aufgesucht, da ich mich nach ihrem Befinden erkundigen wollte.

Sie scheint auf Grund der Medikamente, die ihr der Arzt vorübergehend verschrieben hat, wohl nicht in der Lage zu sein, irgendetwas Konstruktives beizutragen.

Sie wiederholte mir gegenüber immer nur, dass

sie Martina Karrer aufsuchen wollte, um sie über den Zustand ihrer Mutter zu informieren.

Nachdem sie dann erzählt hat, wie sie ins Museum kam und die Tote fand, brach sie sofort in Tränen aus.

Ich glaube, das hat momentan noch keinen Sinn, sie weiter mit unseren Fragen zu quälen."

„In Ordnung", antwortete Markowitsch nach kurzem Überlegen.

„Danke. Dann sehen wir uns also heute gegen vierzehn Uhr."

24. Kapitel

Martin Steger hatte den Anruf aus dem Augsburger Kriminalkommissariat erhalten und wies seine Sekretärin sofort an, alle anstehenden Termine für den Nachmittag abzusagen bzw. zu verlegen.

Er ließ auch Oliver Lauer darüber in Kenntnis setzen, dass er sich um vierzehn Uhr in seinem Büro einfinden sollte.

„Sehen Sie, Frau Schwab", meinte der OB sichtlich zufrieden.

„Man muss sich eben auch bei der Obrigkeit durchzusetzen wissen.

Die Tatsache, dass sich die zuständigen Beamten nun hier bei uns zu einer Lagebesprechung treffen wollen, gibt meiner Handlungsweise doch recht."

Gabriele Schwab blickte von ihrem PC-Bildschirm auf und sah Martin Steger an.

„Ich hoffe nur inständig, dass dabei auch irgendeine Lösung gefunden wird", meinte sie sorgenvoll.

„Da bin ich mir sogar ziemlich sicher", versuchte der OB, sie zu beruhigen.

„Ich werde die Herrschaften nicht eher wieder aus meinem Rathaus gehen lassen, bevor wir nicht konkret wissen, wie es weitergehen soll."

Martin Stegers Sekretärin erhob sich von ihrem Platz.

„Dann werde ich noch schnell zum Einkaufen gehen und eine Kleinigkeit zum Kaffee für den

Nachmittag besorgen, Herr Steger", sagte sie.

„Eine gute Idee, Frau Schwab", meinte dieser.

„Eventuell auch noch ein paar Häppchen, falls das Treffen länger in den Abend hinein dauern sollte."

„Geht in Ordnung, Herr Steger. Ich werde mich darum kümmern", sprach Gabriele Schwab und machte sich sogleich auf den Weg.

25. Kapitel

Dort, wo auf der Höhe von Gersthofen die Geschwindigkeit von achtzig auf einhundertzwanzig Stundenkilometer freigegeben wurde, zog Robert Markowitsch seinen Dienstwagen auf die linke Spur.

„Weshalb wollte Berger eigentlich nicht mit uns fahren?", fragte Peter Neumann den Hauptkommissar.

Robert Markowitsch lächelte.

„Angeblich hat er am Spätnachmittag noch einen Termin.

Wobei ich eher glaube, dass er mit meiner Fahrweise nicht ganz einverstanden ist."

Peter Neumann rutschte etwas in seinem Beifahrersitz nach unten.

„Na, ganz so schlimm finde ich die ja nun auch wieder nicht, Chef", meinte er, was ihm einen kritischen Seitenblick von Markowitsch einbrachte.

Als die beiden Beamten durch den Harburger Tunnel ins Ries hinein fuhren, musste Markowitsch den Wagen abbremsen und mit einem Platz hinter einer Lkw-Kolonne vorlieb nehmen.

„Vor einigen Jahren wären wir jetzt wohl nur mit Blaulicht vorbeigekommen, Neumann", sagte Markowitsch.

„Der drei-streifige Ausbau hat schon sein Gutes. Auch wenn man den Doppelstreifen immer gerne auf der Seite hätte, auf der man gerade selber fährt."

„Wir können froh sein, dass wir einigermaßen gut durchkommen, Chef", meinte Peter Neumann.

„Ab dem Sommer soll ja der Harburger Tunnel für ein halbes Jahr gesperrt werden."

„Hab ich gelesen", sagte Markowitsch.

„Aber die Sicherungsmaßnahmen an solchen Stellen lassen nun mal eben nicht allzu viel Spielraum zu."

Als kurz darauf der Überholstreifen wieder wechselte, trat Markowitsch das Gaspedal durch, zog an der Lkw-Kolonne vorbei, um kurz darauf wieder nach rechts einzuscheren.

„Hätte man dem Anliegen des damaligen Wirtschafts- und Verkehrsministers Anton Jaumann stattgegeben, würden wir hier heute auf der Autobahn 91 fahren", sinnierte der Kriminalhauptkommissar.

„Dann hätte unser Oberstaatsanwalt aber einen Grund mehr, nicht mit Ihnen im Auto zu sitzen", grinste Peter Neumann und verschränkte die Arme hinter seinem Kopf.

„Außerdem könnte man wohl die Landschaft nicht so genießen."

Etwa zehn Minuten später passierte der Wagen das Ortsschild von Nördlingen und das Gespräch zwischen den beiden Männern wurde wieder dienstlich.

„Ich habe mir die halbe Nacht den Schädel zerbrochen, ohne auf eine plausible Erklärung zu kommen, was diese DNA-Geschichte angeht, Neumann", sprach Robert Markowitsch.

„Ich hoffe nur, dass wir heute Nachmittag gemeinsam irgendeinen Lichtblick in die Geschichte kriegen."

„Ich kann mir bisher auch noch keinen Reim drauf machen, Chef", gab Peter Neumann zu.

Ich will mir gar nicht vorstellen, dass wir noch einmal an diese mysteriöse Sache von damals anknüpfen müssen."

„Wecken Sie mir bloß keine schlafenden Hunde, Neumann", brummt Robert Markowitsch.

„Von den Toten auferstehen, das mag es wohl im christlichen Glauben an Ostern geben, aber nicht bei unseren polizeilichen Ermittlungen."

Die letzten Minuten bis zum Eintreffen der beiden Augsburger Kriminalbeamten verliefen schweigend.

Nachdem sie bereits die verkehrstechnischen Probleme auf Grund der vielen Baustellen in der Nördlinger Innenstadt kennengelernt hatten, nahm der Hauptkommissar das Angebot der Polizeiinspektion Nördlingen gerne an und stellte seinen Dienstwagen in deren Innenhof ab.

Gerd Schumann, der ihm diesen Vorschlag unterbreitet hatte, begrüßte die beiden Augsburger Kollegen und ließ anschließend Polizeiobermeister Wagner herbeirufen.

Die vier Männer überrissen noch einmal kurz die Gesamtsituation und machten sich dann gemeinsam zu Fuß auf den Weg ins Rathaus.

„Ihr saniert ja hier die Straßen auf Teufel komm raus, Herr Kollege", meinte Robert Markowitsch, als sie die Baustelle am Kriegerbrunnen hinter sich hatten.

„Die einen finden es gut, die anderen sind weniger davon begeistert. So wie es eben überall ist. Man kann nicht alle unter einen Hut kriegen.

Aber Sie sprechen unseren Oberbürgermeister besser nicht darauf an."

„Ich glaube auch kaum, dass Herr Steger heute Nachmittag ein Ohr dafür haben würde", sagte Markowitsch, als er kurz darauf hinter Hauptkommissar Schuhmann die Treppen des Nördlinger Rathauses hinauf stieg.

Als die vier Beamten schließlich vor der Tür des Sekretariats standen, waren keine Stimmen aus dem Inneren zu vernehmen.

So klopfte Gerd Schuhmann nur kurz an der Tür an und öffnete diese, ohne eine Aufforderung zum Eintreten abzuwarten.

Gabriele Schwab sah die hereinkommenden Männer etwas erstaunt an.

Nachdem sie erkannte, wer die ungeduldigen Besucher waren, verkniff sie sich jedoch eine Bemerkung.

Sie erhob sich von ihrem Arbeitsplatz und ging um den Schreibtisch herum in Richtung der Türe, die zum Büro Martin Stegers führte.

„Guten Tag, meine Herren", grüßte sie nur kurz. „Herr Steger erwartet Sie bereits."

Gerd Schuhmann und Peter Wagner erwiderten den Gruß ebenso, wie auch die beiden Augsburger Beamten.

Dem Anklopfen an der Tür des OB folgte unmittelbar dessen *Ja, Bitte.*

Gabriele Schwab öffnete und ließ die vier Männer mit einer einladenden Handbewegung an sich vorbei.

Der OB kam ihnen bereits entgegen und begrüßte seine Besucher nacheinander per Handschlag.

Robert Markowitsch war ein wenig erstaunt, als er erkannte, dass sich der Augsburger Oberstaatsanwalt bereits in Martin Stegers Büro befand.

„Nanu, Berger. Sind Sie geflogen?", fragte er mit hochgezogenen Augenbrauen.

„Wir haben Sie während der Fahrt weder vor uns noch hinter uns gesehen."

„Konnten Sie auch nicht, Markowitsch", antwortete Frank Berger.

„Ich habe mir die Mittagspause hier in Nördlingen gegönnt und im Gasthaus nebenan eine Kleinigkeit gegessen."

Martin Steger sah kurz auf seine Uhr.

„Bitte setzen Sie sich doch, meine Herren. Herr Lauer müsste auch jeden Augenblick hier sein."

Mit einem kurzen Blick auf die an der Tür stehende Gabriele Schwab fragte er noch:

„Kann ich Ihnen in der Zwischenzeit etwas zu trinken anbieten?"

„Vielen Dank, vielleicht später", kam die einstimmige Antwort der Männer, die nun am Tisch des Oberbürgermeisters Platz nahmen.

Wenige Minuten später erschien auch Oliver Lauer und begrüßte Martin Steger sowie die Anwesenden Beamten.

Martin Steger eröffnete das Treffen, indem er seine Gäste nochmals kurz gemeinsam begrüßte.

Er bedankte sich für deren Bereitschaft, sich hier in Nördlingen zusammenzufinden, um die aktuellen Geschehnisse sowie das weitere Vorgehen zu besprechen.

Nachdem er geendet hatte, bat er Robert Markowitsch um seine Erklärungen, wobei ihm allerdings Gerd Schuhmann zunächst ins Wort fiel.

Mit einer entschuldigenden Handbewegung in Richtung seines Augsburger Kollegen wandte er sich an Martin Steger.

„Bevor wir mit dem eigentlichen Sachverhalt beginnen, Herr Steger, muss ich Ihnen zunächst noch etwas sagen: Ich bin nicht nur verärgert, sondern stinksauer über Ihr Verhalten meiner Person gegenüber.

Mit Ihrer Forderung nach personeller Unterstützung für meine Dienststelle haben Sie mich wie einen unfähigen Idioten hingestellt.

So etwas besprechen Sie in Zukunft gefälligst vorher mit mir, sofern Sie auf eine weitere Zusammenarbeit mit meiner Person Wert legen."

Das Nördlinger Stadtoberhaupt nahm den verbalen Angriff von Hauptkommissar Schuhmann mit hochrotem Kopf entgegen.

Er stand zunächst da wie ein begossener Pudel und suchte nach entschuldigenden Worten.

„Sie haben sicherlich recht, Herr Schuhmann. Es war ein wenig voreilig von mir, Sie in dieser Situation zu übergehen.

Ich muss eingestehen, dass ich mich auf Grund der aktuellen Sicherheitslage in unserer Stadt wohl etwas überfordert fühlte.

Bitte entschuldigen Sie mein Vorgehen."

Martin Steger reichte Gerd Schuhmann über den Tisch hinweg seine Hand, die vom Nördlinger Hauptkommissar mit zufriedenem Blick entgegen genommen wurde.

Das erleichterte Aufatmen Martin Stegers war nicht zu überhören, als er nun nochmals Robert Markowitsch darum bat, den aktuellen Stand der Dinge zu erläutern.

Dieser begann, während er sprach, im Büro des Oberbürgermeisters auf und ab zu gehen.

„Wir haben innerhalb kürzester Zeit zwei bestialisch ausgeführte Morde, über die wir bislang keinerlei Hintergründe herausfinden konnten.

Wir können zwar behaupten, dass die beiden Opfer wohl von ein und demselben Täter getötet wurden, haben bislang jedoch noch immer keine heiße Spur, die auf seine Identität hinweist.

Die Kollegen der Kriminaltechnik schließen die Möglichkeit nicht aus, dass es sich bei der vom Täter verwendeten Waffe um ein altertümliches Schwert aus dem Nachlass von Doktor Michael Akebe, dem Sohn des zweiten Opfers, handelt.

Mit Sicherheit können wir dies jedoch erst dann bestätigen, wenn wir dieses gefunden haben, und es kriminaltechnisch auf Spuren untersucht wurde.

Nachdem wir bis jetzt allerdings keinen Anhaltspunkt über den Verbleib dieses Schwertes haben, stehen wir sozusagen mit sprichwörtlich fast leeren Händen da."

Die Stimme des Hauptkommissars klang mit den letzten Worten zunehmend resignierend.

Sein Blick richtete sich über die Köpfe der anwesenden Männer hinweg auf Martin Steger.

„Konnten Sie seit unserem letzten Gespräch irgendetwas darüber in Erfahrung bringen, Herr Steger?"

„Leider nein, Herr Markowitsch", antwortete dieser.

„Ich muss gestehen, dass ich in der kurzen Zeit keine Möglichkeit hatte, darüber nachzudenken."

Frank Berger meldete sich zu Wort.

„Da dieses verfluchte Schwert anscheinend unser einziger Ansatzpunkt ist, sollten wir vielleicht einen öffentlichen Aufruf über die Presse in Betracht ziehen."

Martin Steger schluckte bei diesem Vorschlag.

„Damit machen Sie mir die gesamte Bevölkerung verrückt", gab er zu bedenken.

„Außerdem wäre dies nicht besonders förderlich für den Tourismus", warf auch Oliver Lauer ein.

„Wir haben in den letzten beiden Tagen sowieso schon vermehrt Absagen von den Busunternehmen zu verzeichnen."

„Scheiß drauf", mischte sich nun der Leiter der Nördlinger Polizeiinspektion in den Dialog ein.

„Ich finde auch, dass es langsam an der Zeit ist, die Öffentlichkeit mit einzubeziehen.

Ein weiterer Mord würde die ohnehin schon prekäre Lage wahrscheinlich eskalieren lassen.

Irgendjemand hat vielleicht etwas über den Verbleib dieses Schwertes mitbekommen.

Außerdem wird der Täter dadurch möglicherweise unvorsichtig und begeht einen Fehler, der uns auf seine Spur bringt."

„Mit diesem Gedanken habe ich mich auch schon beschäftigt", übernahm Robert Markowitsch nun wieder das Wort und sah dabei Peter Neumann an.

„Wir sollten mal wieder das kleine Einmaleins der Kriminalistik anwenden, Neumann.

Weshalb tötet jemand auf diese unmenschliche Art und Weise?"

Peter Neumann überlegte nur kurz.

„Er will Aufmerksamkeit erregen, würde ich sagen, oder für irgendein begangenes Unrecht Wiedergutmachung erlangen."

Die Anwesenden dachten einige Augenblicke über die Argumente Peter Neumanns nach.

„Oder auch beides", meinte Polizeiobermeister Peter Wagner mit nachdenklichem Ton.

„Mir fällt da gerade etwas ein."

Hauptkommissar Gerd Schuhmann sah fragend in das Gesicht seines nachdenklich wirkenden Kollegen.

„Nun reden Sie schon, Wagner. Jede Kleinigkeit kann im Moment wichtig sein."

Wagner drehte sich so auf seinem Stuhl, dass er seinem Vorgesetzten direkt in die Augen sehen konnte.

„Sie erinnern sich noch an das Fax vom Landratsamt, das ich Ihnen gezeigt habe?"

„Klar", antwortete Schuhmann. „Was ist denn damit?"

„Muss jetzt nicht unbedingt etwas zu bedeuten haben", sagte Peter Wagner, „aber es ging darin doch um einen Antrag auf Ausfuhr einer historischen Waffe."

Die Männer im Raum wurden mit einem Mal hellhörig.

„Weshalb weiß ich nichts davon, Wagner?", zischte Gerd Schuhmann sichtlich nervös.

„Weil wir es zu diesem Zeitpunkt nicht als sonderlich wichtig erachtet haben, Chef.

Ich habe den Kollegen noch beauftragt, beim zuständigen Sachbearbeiter nachzufragen und im Zweifelsfall die Sache an Sie weiter zu leiten.

Angesichts der anschließenden Ereignisse ist das wohl irgendwie untergegangen."

Gerd Schuhmanns dienstlicher Ton war nun nicht mehr zu überhören.

„Dann machen Sie sich jetzt sofort auf den Weg und besorgen mir dieses Fax und die entsprechenden Informationen.

Wenn es sein muss, dann setzen Sie sich ins Auto und holen mir diese persönlich in Donauwörth ab."

Der Polizeiobermeister erhob sich umgehend von seinem Platz, um sich auf den Weg zu machen.

„Das würde jetzt nur unnötige Zeit kosten", gab Peter Neumann in diesem Moment zu bedenken.

Robert Markowitsch sah seinen Mitarbeiter an.

„Haben Sie einen besseren Vorschlag, Neumann? Telefonisch wird es wohl auch nicht schneller gehen."

„Ich dachte auch nicht an telefonieren, Chef", lächelte Peter Neumann vielsagend.

„Meine Spezialität liegt auf einem anderen Gebiet."

Der Augsburger Kripochef verstand nun sofort, was sein Kollege damit andeutete.

Ein fragender Blick auf den Oberstaatsanwalt wurde mit einem zustimmenden Nicken beantwortet.

„Also gut, Neumann", willigte er ein.

„Ausnahmsweise. Besondere Umstände erfordern besondere Maßnahmen."

Peter Neumann wandte sich an den Nördlinger Oberbürgermeister.

„Ich gehe mal davon aus, Herr Steger, dass Sie im Rathaus über eine entsprechend schnelle Internetleitung verfügen?"

„Sicher", antwortete Martin Steger selbstbewusst. „Weshalb fragen Sie?"

„Ich darf den Computer Ihrer Sekretärin benutzen?"

Martin Steger dachte einige Sekunden nach.

„Die Benutzung des internen Systems der Stadtverwaltung ist eigentlich nur den Mitarbeitern gestattet.

Ich weiß nicht, ob ich Ihrem Wunsch entsprechen kann."

Auf Gerd Schuhmanns Stirn erschienen augenblicklich einige Zornesfalten.

„Wir sind hier aber nicht bei w*ünsch Dir was,* sondern bei *so ist es halt,* Herr Steger", wurde er etwas laut.

Der OB zuckte bei diesem Satz Gerd Schuhmanns sichtlich zusammen.

„Also gut, selbstverständlich, Herr Neumann", gab er sein Einverständnis.

„Wenn es unserer Sache dienlich ist?"
Peter Neumann stand auf.
„Das ist es, Herr Steger. Seien Sie versichert. Ansonsten würde ich nicht fragen."
Martin Steger erhob sich nun ebenfalls von seinem Stuhl und ging dem Augsburger Kriminalbeamten voraus nach nebenan ins Büro seiner Sekretärin.
Oliver Lauer, der ebenso wie die anderen Anwesenden aufgestanden war, meinte:
„Hier kann ich wohl im Moment nicht behilflich sein. Ich könnte in der Zwischenzeit in meinem Büro eine Aufstellung der Archivunterlagen des Stadtmuseums besorgen.
Eventuell finden wir darin einen Zusammenhang."
„Machen Sie das, Herr Lauer", stimmte der Oberbürgermeister zu.
„Auf diesen Gedanken hätten Sie auch schon früher kommen können", fügte er noch mit einem kleinen verbalen Seitenhieb hinzu.
Nach dieser Anspielung von Martin Steger machte sich Oliver Lauer mit einem etwas grimmigen Gesichtsausdruck daran, das Büro des OB zu verlassen.
„Einen Moment noch, Herr Lauer", hielt ihn Robert Markowitsch zurück.
Der Angesprochene blieb stehen und sah dem Augsburger Hauptkommissar fragend ins Gesicht.
„Wir hatten bisher noch keine Gelegenheit, uns über Ihren Besuch am Abend vor dem Mord an Martina Karrer zu unterhalten.

Sie waren anscheinend ja der Letzte, der sie lebend gesehen hatte."

„Da gibt es eigentlich nicht sehr viel zu sagen", Herr Markowitsch", sagte Lauer nach einigen Sekunden des Überlegens.

„Wir hatten das Treffen ganz bewusst für den Abend vereinbart.

Die Vorbereitungen für die Ausstellung waren zeitlich sehr intensiv, nachdem wir das Angebot von Frau Akebe bekommen hatten, den Nachlass ihres Sohnes an uns übergeben zu wollen.

Mir kam dann der Gedanke, das Angebot für die Touristen unserer Stadt auf eine, sagen wir mal sicherlich nicht alltägliche Art und Weise, attraktiver zu gestalten."

Martin Steger, der die Erklärung Oliver Lauers mitverfolgt hatte, mischte sich nun ein.

„Vergessen Sie das Ganze doch endlich, Herr Lauer.

Ich habe Ihnen schon mehrmals zu verstehen gegeben, dass ich es, zu diesem Zeitpunkt jedenfalls, niemals zulassen werde, dass Sie das Leid anderer Menschen als Attraktion ausschlachten."

Oliver Lauer winkte den Einwand Martin Stegers nur kurzerhand ab.

„Ach kommen Sie, Herr Steger. Überall werden Schauermärchen und Horrorgeschichten als Zuschauermagnet eingesetzt."

„Das ist doch etwas völlig anderes", blaffte der OB zurück.

„Hier geht es um reale Schicksale von Nördlinger Mitbürgern. Das werde ich auf diese Art und

Weise nicht dulden."

Mit einer harschen Handbewegung unterbrach Robert Markowitsch den Dialog der beiden Männer, bevor dieser in einen handfesten Streit ausarten konnte.

„Was genau haben Sie mit Frau Karrer an diesem Abend besprochen, Herr Lauer?", wollte er wissen.

„Nun", antwortete dieser, „wir haben vereinbart, dass sie die Gegenstände von diesem Doktor Akebe detailliert auflistet.

Da wir in den letzten Jahren hier in Nördlingen ja leider mehrfach mit Gewaltverbrechen zu tun hatten, wollte ich anschließend anhand der öffentlich bekannten Geschichten eine Dokumentation für eine Sonderausstellung dazu anfertigen.

Auch das Vergehen unseres ehemaligen Stadtrates Karl Kübler wollte ich mit einbeziehen.

Die dunklen Seiten der Riesmetropole mit den Folgen aus Habgier, Hass und Rache.

Natürlich etwas ausführlicher dargestellt mit entsprechenden Hintergrundinformationen, Wahrscheinlichkeiten und Eventualitäten.

Eben all das, was so eine Ausstellung für die Besucher Nördlingens zusätzlich interessant machen könnte."

Der Augsburger Kriminalhauptkommissar verzog bei der Erklärung Oliver Lauers etwas missmutig sein Gesicht.

„Zugegeben eine, sagen wir mal eigenwillige Idee, die mit Sicherheit nicht jedermanns Geschmack treffen würde", meinte er.

„Pah, eigenwillig", mischte sich Martin Steger

nun wieder ein.

„In meinen Augen moralisch absolut daneben und unvertretbar. Jedenfalls zu diesem Zeitpunkt."

„Das will ich jetzt einmal dahingestellt lassen", unterbrach Markowitsch den Oberbürgermeister aufs Neue und wandte sich wieder an Oliver Lauer.

„In welcher Verfassung befand sich Frau Karrer, als Sie das Stadtmuseum verlassen haben?"

Oliver Lauer schien zu überlegen.

„Eigentlich war sie wie immer", meinte er.

„Sie wirkte auf mich vielleicht etwas gestresst, aber in Anbetracht des Zeitdrucks war dies wohl auch nicht weiter verwunderlich."

„Haben Sie sich denn diese Gegenstände aus dem Nachlass Akebes genauer angesehen, Herr Lauer?", fragte Peter Neumann nun dazwischen.

„Schon", gab der Gefragte zur Antwort.

„Frau Akebe hatte sie uns ja im Vorfeld gezeigt, um sich erst einmal über unser Interesse zu erkundigen.

Auf meine Frage, weshalb sie das alles weggeben will, meinte sie nur, dass sie endlich mit diesen Erinnerungen abschließen wollte."

„Und Sie haben Frau Akebe danach nicht mehr gesehen oder gesprochen?", fragte Peter Neumann nach.

Oliver Lauer zuckte nur mit den Schultern,

„Nein, weshalb auch?

Natürlich hatte ich vor, sie zu einem späteren Zeitpunkt noch einmal aufzusuchen, um einige persönliche Einzelheiten über die Hintergründe zu erfahren und diese in meine Dokumentation aufzunehmen.

Einen konkreten Zeitpunkt dafür hatte ich mit ihr jedoch noch nicht vereinbart."

Peter Neumann sah kurz in Richtung seines Vorgesetzten, der ihm nun leicht zunickte.

„Danke, Herr Lauer, das war es dann fürs Erste", meinte Peter Neumann.

„Wir werden ihre Aussage später noch zu Protokoll nehmen."

Sekunden später war der Nördlinger Tourismusleiter auch schon verschwunden.

Peter Neumann hatte derweil am Schreibtisch von Gabriele Schwab Platz genommen und machte sich am Computersystem zu schaffen.

Martin Steger, der schräg hinter ihm stand und ihm dabei über die Schulter sah, erkannte, wie sich der Beamte aus Augsburg durch die Oberfläche arbeitete.

Richtig schlau daraus wurde der Nördlinger OB nicht.

Lediglich Robert Markowitsch, der eigentlich nichts mit der Computertechnik am Hut hatte, den Umgang damit eher vermied, verstand das Handeln seines Mitarbeiters.

Auch dem Oberstaatsanwalt war es inzwischen geläufig, musste er doch schon des Öfteren dahinter bzw. gerade dafür stehen.

„Ich befinde mich momentan auf der Oberfläche meines Systems in Augsburg", erklärte Peter Neumann.

„Von dort aus habe ich die besseren Möglichkeiten, meine Recherchen im Landratsamt durchzuführen."

Frank Berger gab nun einen entsprechenden Hinweis.

„Das, was hier gerade geschieht, fällt unter die absolute Schweigepflicht, meine Herrschaften."

Er blickte einmal kurz in die Gesichter aller Anwesenden.

„Das gilt für alle Anwesenden hier im Raum."

Es dauerte nur wenige Minuten, bis Peter Neumann die gesuchten Informationen auf dem Bildschirm parat hatte.

Er winkte den Polizeiobermeister zu sich heran.

„Ging es bei dem erwähnten Fax um diesen Antrag hier?", fragte er und deutete mit dem Finger auf den Monitor.

Wagner las sich das dort Stehende kurz durch und bestätigte anschließend die Frage.

„Ja, das ist das Schreiben, das mir der Kollege gezeigt hatte."

Peter Neumann schickte einen Bildschirmausdruck auf den Drucker, der sich neben dem Schreibtisch befand und reichte ihn an Robert Markowitsch weiter.

„Da kommt einer extra aus Australien hierher nach Nördlingen, nur um so ein Ding abzuholen?", murmelte dieser.

„Seltsam", fügte er noch hinzu, bevor er das Papier an Frank Berger weiter gab.

„Kann sich ja durchaus um ein Sammlerstück handeln", meinte dieser.

„Außerdem ist hier nicht genau beschrieben, um welche Waffe es sich handelt. Das könnte alles Mögliche sein."

„Es geht mir hier auch nicht darum, was für eine Waffe es ist", gab Peter Neumann zu bedenken.

„Interessant finde ich eher den Namen des Antragstellers."

„Baako Keita", las Frank Berger laut vor, während Peter Neumann seine Finger bereits wieder über die Tastatur fliegen lies.

„Kein typischer Name für einen Australier", meinte Gerd Schuhmann.

Vielleicht aus der Abstammung der Aborigines?"

„Falsch geraten, Herr Hauptkommissar", widersprach Peter Neumann dem Gedanken Schuhmanns, wobei er abwechselnd auf die Gesichter von Robert Markowitsch und Frank Berger blickte.

„Dieser Name stammt aus dem Afrikanischen."

Die Miene des Oberstaatsanwalts verfinsterte sich, während der Hauptkommissar einen leisen Fluch ausstieß.

„Ich kann Ihnen auch gleich sagen, was dieser Name in der Übersetzung bedeutet."

Die Blicke der um Peter Neumann herumstehenden Personen waren allesamt auf den Bildschirm des Computers gerichtet, als dieser eine Seite mit afrikanischen Vornamen und deren Bedeutung anzeigte.

BAAKO „Der Erstgeborene" stand dort zu lesen.

„Und?", kam die Frage des Nördlinger Oberbürgermeisters.

„Was können wir mit dieser Erklärung nun anfangen?"

Peter Neumann, der soeben sah, wie sich Robert

Markowitsch mit der flachen Hand an die Stirn schlug, meinte nur:

„Sie wohl nicht allzu viel, Herr Steger, da Ihnen die Zusammenhänge nicht geläufig sind."

Der Reaktion Robert Markowitsch's nach zu urteilen sagte er:

„Im Gegensatz zu uns. Sie haben anscheinend den gleichen Gedanken wie ich, Chef?"

Oberstaatsanwalt Frank Berger drängte sich nun an den Schreibtisch vor.

„Es wäre nett, wenn Sie mich an ihrem Gedankengut teilhaben lassen würden, meine Herren.

Ich verstehe im Moment nur Bahnhof."

„Das soll bedeuten: Wir haben unsere heiße Spur, Berger", erklärte Markowitsch.

Peter Neumann loggte sich aus dem System aus und erhob sich von seinem Platz.

„Jetzt müssten wir nur noch wissen, wie dieser Baako Keita aussieht.

Sollte er unser Mann sein, hat ihn vielleicht schon jemand gesehen."

Der Nördlinger Polizeichef wandte sich an seinen Kollegen.

„Das übernehmen Sie, Wagner. Sie kontaktieren sofort die australischen Behörden und ersuchen die dortigen Kollegen um ein Foto dieses Mannes.

Das Ganze aber bis gestern. Machen Sie hin."

Peter Wagner nahm sein Telefon zu Hand und führte ein Gespräch mit den Kollegen der Polizeiinspektion.

Er ließ sich eine entsprechende Verbindung nach Australien durchstellen.

„Aber Beeilung bitte", wies er seinen Gesprächspartner am anderen Ende der Leitung an.

„Ich warte."

Hauptkommissar Robert Markowitsch hatte zwischenzeitlich ebenfalls sein Handy zur Hand genommen.

Er suchte die Nummer Alfred Zachers aus den Kontakten hervor.

Es dauerte nur Sekunden, bis dieser sich auf der Gegenseite meldete.

Hören Sie mir jetzt genau zu, Zacher", sprach er.

„Mach ich doch immer, Markowitsch", kam dessen Antwort.

„Um was geht's denn?"

„Kann es sein, Zacher, dass diese DNA-Spur, die Sie an diesem Glas in der Wohnung von Christine Akebe gefunden haben, nicht von Michael Akebe stammt?"

Robert Markowitsch hielt sich das Handy nun etwas vom Ohr entfernt, denn man konnte die Stimme des KTU-Leiters nun auch ohne Lautsprecher vernehmen.

„Jetzt hören *Sie mir* mal zu, *Herr Hauptkommissar*", war Alfred Zacher zu hören.

„Ich habe es ihrem Kollegen Neumann damals schon gesagt: Die DNA lügt nicht!

Die Analyse hat eindeutig ergeben, dass mit neunundneunzigprozentiger Sicherheit dieser Abedi Akebe der Vater des Erbgutträgers ist.

Also kann nur Michael Akebe die Person sein, oder?"

Der Augsburger Kripochef wartete einige Sekunden mit seiner Antwort.

„Was aber, Zacher, wenn er noch einen weiteren Sohn hatte?"

„Bin ich Hellseher, Markowitsch?", kam die Gegenfrage des Polizeiarztes.

„Trage ich vielleicht eine Glaskugel in der Tasche?

Natürlich könnte es sich auch um einen weiteren direkten Nachkommen handeln.

Das kann ich aber erst dann mit Sicherheit sagen, wenn ich eine entsprechende Probe von dieser Person vorliegen habe."

Robert Markowitsch atmete auf.

„Danke, Zacher. Diese werden Sie eventuell noch kriegen.

Im Augenblick haben Sie uns mit Ihrer Bestätigung hier mächtig gut getan."

Markowitsch beendete das Gespräch, ohne Zachers Antwort abzuwarten.

Er sah auf Gerd Schuhmann und Peter Wagner.

„Nun brauchen wir also das Foto dieses Baako", sagte er.

„Die Australier wissen Bescheid", sprach Peter Wagner.

„Ich habe die E-Mail-Adresse von Frau Schwab angegeben."

„Gut, Wagner", antwortete Gerd Schuhmann.

„Dann sollten wir jetzt erst mal abwarten, bis wir das Dokument haben."

„Das gibt uns die Gelegenheit zu einer kleinen Stärkung, meine Herren", meldete sich Martin Steger zu Wort und bat seine Sekretärin darum, Kaffee zu zubereiten.

„Cappuccino, wenn's geht", bat Robert Markowitsch mit einem freundlichen Blick auf die Frau.

„Sie und Ihre Sonderwünsche", warf Frank Berger ein.

„Lassen Sie nur", lächelte Gabriele Schwab. „Lässt sich ja alles machen."

Minuten später waren alle Anwesenden mit Kaffee und etwas Gebäck versorgt.

Man konnte die Anspannung innerhalb des Büros fast körperlich spüren.

Immer wieder richteten sich die Blicke auf den PC der Sekretärin, als schließlich die erwartete Nachricht eintraf.

„Darf ich?", fragte Peter Neumann und öffnete nach Zustimmung die eingegangene Mail mit dem Betreff: *Baako Keita*.

Alle Augen waren auf den Bildschirm gerichtet, als Peter Neumann den Anhang öffnete und das Foto des Mannes erschien.

„Den kenne ich", hörten die Männer die Stimme von Gabriele Schwab.

Verwundert sahen sie die Frau an.

„Ja", meinte sie bestimmt. „Der stand plötzlich in meinem Büro und hat sich nach Oliver Lauer erkundigt."

„Wann war das?", fragte Robert Markowitsch.

„Vor zwei oder drei Tagen", antwortete die Frau schulterzuckend.

„Ich weiß es nicht mehr so genau. Man kann ja zurzeit keinen klaren Gedanken mehr fassen."

Markowitsch richtete sich an Martin Steger.

„Wohin ist Oliver Lauer vorhin gegangen?"

„Ich nehme an in sein Büro im Gebäude gegenüber", antwortete der OB.

„Dann lassen Sie ihn rufen", wies ihn Robert Markowitsch an.

„Selbstverständlich", antwortete Martin Steger und griff zum Telefon.

Nach mehrmaligem Läuten legte er den Hörer wieder zurück.

„Geht niemand ran", meinte er.

„Vielleicht ist er ja auch schon wieder auf dem Weg hierher. Er wollte doch irgendwelche Unterlagen besorgen."

„Wir gehen rüber", sagte Markowitsch mit entschlossener Stimme nach einigen Minuten des Wartens.

Im Gebäude der Touristikinformation angekommen, ließen sich die Männer den Weg in Oliver Lauers Büro zeigen.

„Dort werden Sie ihn aber nicht antreffen", meinte die Frau am Schalter.

„Herr Lauer hat sich nach einem Anruf kurzfristig nach Hause verabschiedet."

Markowitsch und Gerd Schuhmann sahen sich an.

„Die Adresse", forderte Schuhmann von der nun etwas erschrocken wirkenden Frau.

Nachdem sie diese mitgeteilt bekamen, wandte sich Markowitsch an Peter Neumann.

„Neumann, Sie gehen mit dem Kollegen und holen den Wagen."

Seufzend drehte sich Peter Neumann in Richtung Peter Wagner um.

„So ähnlich bekam das der Knecht vom Derrick auch immer zu hören", grinste er.

„Warten Sie, Neumann", rief nun Frank Berger.

„Das dauert zu lange. Wir nehmen meinen, der steht gleich hier um die Ecke."

„Das ist ein Wort, Berger", stimmte Robert Markowitsch zu.

„Passen wir da auch alle rein?"

„Klar", kam die Retourkutsche des Oberstaatsanwalts wie aus der Pistole geschossen.

„Zwei vorne, zwei hinten und Sie in den Kofferraum."

„Aber lassen Sie das Licht an", schloss Markowitsch den Dialog, als sich die Männer auf den Weg zu Frank Bergers Dienstfahrzeug machten.

Nachdem sie im inneren Platz genommen hatten, setzte Frank Berger das mobile Blaulicht aufs Dach, ließ den Motor an und fuhr in Richtung Baldinger Tor aus der Stadt.

*

Zehn Minuten später standen die Beamten vor dem kleinen Einfamilienhaus von Oliver Lauer.

Einem mehrmaligen Klingeln erfolgte jedoch keinerlei Reaktion.

„Herr Lauer ist vor einer Viertelstunde weg", rief ein Nachbar.

„Wissen Sie zufällig wohin?", fragte Gerd Schuhmann zurück.

Doch der Mann zuckte nur mit den Schultern.

„Vielleicht ist er zurück ins Büro?", gab Martin Steger zu bedenken.

„Kann sein", antwortete Robert Markowitsch, „kann aber auch nicht sein."

„Vielleicht finden wir in seinem Haus einen Hinweis?", warf Peter Neumann ein.

„Wollen Sie schon wieder Türen zerdeppern, Neumann?", fragte Markowitsch.

„Das geht auch ohne", drängte sich Peter Wagner nun nach vorne und zog ein kleines Werkzeug aus der Tasche.

Mit fragendem Blick sah er seinen Vorgesetzten Gerd Schuhmann an.

„Soll ich?"

„Wir haben eigentlich keinen triftigen Grund, um in Lauers Haus einzudringen", gab Schuhmann zu bedenken.

„Wenn ich dabei bin", meldete sich Frank Berger, „dann ist immer Gefahr im Verzug."

„Na, das ist doch mal eine Aussage von Ihnen, die ich ohne Widerspruch bestätigen kann, Berger", meinte Robert Markowitsch lächelnd.

„Also gut", meinte der Nördlinger Hauptkommissar, deutete jedoch auf eine Türe, die in den Garten führte.

„Wir sollten aber zuerst einmal eine Runde ums Haus drehen. Vielleicht finden wir noch eine andere Möglichkeit rein zu kommen.

Sie warten hier, Wagner", wies er seinen Kollegen an.

Gefolgt von Frank Berger und den beiden Augsburger Kripobeamten ging Gerd Schuhmann voraus und betrat wenig später die Terrasse des Hauses.

Ein kurzer Blick durch die große Glastür gab den Männern jedoch keinen Aufschluss darüber, ob sich jemand im Inneren des Gebäudes befand.

Peter Neumann, der zwischenzeitlich um die nächste Hausecke verschwunden war, kehrte nun zurück und griff sich einen der Gartenstühle, die auf der Terrasse standen.

„Es gibt noch zwei Fenster auf der anderen Seite", erklärte er sein Handeln und machte sich wieder auf den Weg.

Oberstaatsanwalt Frank Berger wandte sich unterdessen an den Leiter der Nördlinger Polizeiinspektion.

„Ich glaube es hat keinen Sinn, hier noch lange zu suchen."

„Also gut", antwortete Gerd Schuhmann.

Die drei Männer machten sich auf den Weg zurück zum Hauseingang, als im gleichen Moment Peter Neumann im Laufschritt um die Ecke kam.

„Wir sollten uns beeilen", meinte er. „Auch wenn wir wohl zu spät kommen."

Drei fragende Augenpaare richteten sich auf Robert Markowitsch's Kollegen.

„Da liegt einer im Zimmer", erklärte Peter Neumann.

„Ich konnte vom Fenster aus allerdings nur die Beine erkennen."

„Dann aber los", meinte Gerd Schuhmann, indem er den Kollegen vorauseilte.

Wieder auf der Vorderseite angekommen rief er Peter Wagner zu:

„Machen Sie auf."

Der Polizeibeamte nickte nur kurz und setzte sein Werkzeug am Türschloss an.

Augenblicke später betraten die Männer das Haus von Oliver Lauer.

Ihre Rufe nach dem Mann blieben jedoch ungehört.

Nach einem kurzen Moment der Orientierung eilten die Männer in die Richtung, in der vermutlich das von Peter Neumann beschriebene Zimmer lag.

Hauptkommissar Gerd Schuhmann zog vorsichtshalber seine Dienstwaffe aus dem Halfter und entsicherte diese, bevor er langsam die Klinke nach unten drückte, und die Tür mit einem leichten Stoß öffnete.

Ein kurzer Blick in das Innere des Raumes zeigte, dass dieser wohl von Oliver Lauer als Büro genutzt wurde.

Mit gezogener Pistole betrat Gerd Schuhmann das Zimmer und drehte sich einmal halb um die eigene Achse.

Seine Kollegen erkannten im nächsten Augenblick, wie der Nördlinger Hauptkommissar seine Waffe zurück ins Halfter steckte.

Gerd Schuhmann winkte die Männer mit einer kurzen Handbewegung herein.

Sein Blick ging in Richtung des Schreibtisches, neben dem ein Mann, dessen Beine Peter Neumann kurz zuvor durch das Fenster gesehen hatte, offensichtlich tot an der Wand lehnte.

Das tiefbraune Gesicht schien noch vor Schmerz verzerrt.

Sein Oberkörper wies eine lange und scheinbar tiefe Wunde auf, deren Blut die Kleidung sowie den Boden um ihn herum rot gefärbt hatte.

Auf den ausgestreckten Fingern seiner linken Hand lag das vermeintlich gesuchte Schwert Michael Akebes.

„Das hier war mit Sicherheit kein Selbstmord", sprach Markowitsch.

„Auch wenn es vielleicht so aussehen soll", fügte er mit einem Blick auf die Kollegen hinzu, ging in die Hocke und berührte vorsichtig den Hals des Toten.

„Der liegt sicher noch nicht allzu lange hier", mutmaßte der Hauptkommissar, wobei er Peter Neumann ansah.

„Verständigen Sie Zacher."

Er wandte sich anschließend an seinen Kollegen Gerd Schuhmann.

„Rufen Sie ihre Leute und veranlassen Sie alles Entsprechende?"

„Klar", antwortete dieser und wies Peter Wagner an, die Bereitschaft zu verständigen.

Peter Neumann durchsuchte nach seinem Anruf bei der Spurensicherung die Kleidung des Toten.

Doch auch ohne Papiere war den Männern klar, dass es sich bei ihm wohl nur um Baako Keita handeln konnte.

„So wie es aussieht", stellte Robert Markowitsch fest, „ist nicht er hier unser Mann, sondern Oliver Lauer."

„Ich werde sofort die Fahndung nach ihm anordnen", sagte Gerd Schuhmann.

„Wo könnte er sich aufhalten, Herr Steger?", wollte Robert Markowitsch nun vom Oberbürgermeister wissen, der mit kalkweißem Gesicht in einer Ecke des Zimmers stand.

„Ich habe keine Ahnung, Herr Markowitsch", murmelte er tonlos.

„Ich kann das alles gar nicht begreifen. Weshalb sollte er so etwas tun?"

„Wenn wir ihn gefunden haben, werden wir dies vielleicht erfahren, Herr Steger.

Noch einmal: Denken Sie nach. Wo könnte Oliver Lauer jetzt sein?

Ich glaube kaum, dass er ins Büro zurück ist."

Martin Steger schienen die Nerven durchzugehen.

„Ich weiß es nicht, Mann", schrie er den Augsburger Hauptkommissar beinahe an.

Dieser merkte augenblicklich, dass der Nördlinger OB wohl kurz vor einem Nervenzusammenbruch stand.

Er ging auf den Mann zu und griff ihm beruhigend an den Arm.

„Schon in Ordnung, Herr Steger. Ich lasse Sie am besten ins Büro zurück fahren.

Vielleicht fällt Ihnen ja noch ein, wo sich Oliver Lauer aufhalten könnte.

Womit hat er sich denn in der letzten Zeit beschäftigt?"

Martin Steger schien nachzudenken. Falten bildeten sich auf seiner Stirn.

„Soviel ich weiß, hat er sich wegen der Ausstellung im Stadtmuseum mehrmals mit Frau Karrer getroffen.

Außerdem hat er in den vergangenen Tagen des Öfteren versucht, mich von seinem neuen Ausstellungskonzept zu überzeugen."

„Wie ich vorhin mitbekommen habe, sind Sie davon ja nicht sonderlich begeistert", sagte Markowitsch.

„Ach, hören Sie mir auf."

Martin Steger winkte ab. Er schien sich langsam wieder in der Gewalt zu haben.

„Sie haben es ja selbst gehört. Er will anscheinend unter allen Umständen die Zahl der Touristen hier in Nördlingen steigern.

Dazu, so scheint mir, ist ihm wohl jedes Mittel recht.

Aber sagen Sie selbst, Herr Kommissar: Jedem normalen Menschen mit etwas Anstand und Gewissen muss so ein Vorhaben doch widerstreben.

„Schon", kam Markowitsch's Antwort, der es aufgab, Martin Steger zum wiederholten Male seinen Dienstgrad zu vermitteln.

„Man kann doch nicht auf so eine Art und Weise die Schaulustigen und Neugierigen hierher locken", sinnierte Martin Steger vor sich hin.

„Das widerspricht meiner Überzeugung von Öffentlichkeitsarbeit."

„Tja, da scheint er wohl eine ganz andere Meinung zu vertreten", entgegnete Markowitsch nachdenklich.

Plötzlich drehte er sich um und rief:

„Berger, Neumann. Wir fahren ins Stadtmuseum."

„Was wollen Sie denn dort, Markowitsch?", wollte der Oberstaatsanwalt wissen.

„Nur so ein Gefühl, Berger. Also los, kommen Sie. Oder wollen Sie mir ihren Wagen leihen?"

„Gott bewahre, Markowitsch. Da spiele ich lieber ihren Chauffeur."

Als das Augsburger Trio einige Minuten darauf vor dem Stadtmuseum anhielt, fühlte Robert Markowitsch seinen Puls ansteigen.

„Mein Bauchgefühl sagt mir, dass wir hier richtig sind, Berger."

„Sie und ihr Bauchgefühl, Markowitsch", murmelte dieser.

„Meines sagt mir lediglich, dass ich langsam Hunger bekomme."

„Das verschieben Sie besser noch ein wenig", meinte der Kripochef.

Nicht, dass wir hier gleich etwas Unappetitliches zu sehen bekommen. Dann haben Sie zum Schluss noch umsonst gegessen."

„Sie können mir langsam gestohlen bleiben mit ihren makabren Geschichten, Markowitsch."

Gemeinsam betraten die drei Männer den Vorraum des Stadtmuseums.

In der großen Halle des Erdgeschosses war nichts Verdächtiges zu erkennen.

Dennoch war sich Robert Markowitsch sicher, dass sie am richtigen Ort waren.

Mit schnellen Schritten erreichten sie das erste Obergeschoss und eilten weiter, vorbei am Büro der Museumsleitung und schließlich die 18 Stufen der Holztreppe hinauf an den Ort, an dem Andrea Karrer ermordet wurde.

Als sich die Glastür mit der Aufschrift *Rundgang* wieder hinter ihnen geschlossen hatte, trennten sie nur noch wenige Schritte vom Ausstellungsraum.

Als Robert Markowitsch über die Schwelle auf den Parkettboden trat, nahm er aus den Augenwinkeln eine Bewegung war, die ihn kurz zusammenzucken ließ.

Peter Neumann, der sich unmittelbar hinter seinem Vorgesetzten befand, deutete dessen scheinbar überraschte Bewegung als unmittelbare Gefahrensituation.

Da er einen möglichen Angriff auf Markowitsch befürchtete, griff sich der Kriminalbeamte instinktiv an die linke Seite seines Oberkörpers und fühlte für einen Sekundenbruchteil beruhigt die sich im Schulterhalfter befindliche Pistole.

Im selben Atemzug machte er zwei rasche Schritte nach vorn und verpasste dem Hauptkommissar einen Stoß, sodass dieser ins Stolpern geriet, hinfiel und über das Parkett mitten in den Raum rutschte.

Peter Neumann hechtete hinterher.

Da er den vermeintlichen Angreifer neben dem Durchgang vermutete, drehte er sich auf dem Boden so, dass er direkt vor Robert Markowitsch zum Liegen kam, und zog seine Waffe hervor.

Alles, was er jedoch an der Wand erkennen konnte, war ein nachgestelltes Fresko der Justitia.

Peter Neumann drehte seinen Kopf, um sich vom Zustand des Hauptkommissars zu überzeugen.

Robert Markowitsch hatte sich inzwischen aus seiner unfreiwillig liegenden Position erhoben und starrte ungläubig auf die Szene, die sich ihm gegenüber darbot.

Auf der rechten Seite des Raumes waren mehrere Schautafeln nebeneinander aufgestellt.

Diese zeigten verschiedene Darstellungen bzw. Erklärungen des Nördlinger Strafvollzugs aus dem Mittelalter.

Ein sogenanntes Folterrad auf einem Pfosten angebracht gehörte ebenso dazu, wie ein Schwert oder einige Folterinstrumente aus der Zeit der Hexenverfolgung.

Markowitsch nahm dies innerhalb von nur wenigen Sekunden wahr, denn sein eigentliches Augenmerk war auf eine Szene gerichtet, die nichts mit dem Mittelalter zu tun hatte.

Mitten zwischen diesen Schautafeln war eine dünne Henkersschlinge an einem Deckenbalken befestigt.

Darunter stand, auf einem dreibeinigen Schemel, Oliver Lauer, scheinbar bereit, sich das Leben zu nehmen.

„Lauer, was machen Sie da? Sind Sie denn wahnsinnig geworden?", rief Markowitsch, während Peter Neumann nun seine Pistole auf den Mann richtete.

Für den Augsburger Kripobeamten schien diese Situation eher irrwitzig zu sein.

Da stand ein Angestellter der Stadt Nördlingen auf einem zerbrechlich wirkenden dreibeinigen Stuhl, beide Hände in einer Henkersschlinge.

Zugegeben: makaber.

Der Strick schien jedoch nur ein wenig stärker zu

sein als ein Hanfseil, das man im Garten oder in der Werkstatt zur Befestigung irgendwelcher Gegenstände verwendet.

Wohl nur als Demonstration als Erklärung dort angebracht dachte sich Neumann.

Er hatte einerseits Zweifel, ob dieses Teil seinem angedachten Zweck standhalten würde.

Ein herbeigeführter Sturz aber könnte dem Mann vielleicht nicht sofort das Genick brechen, eventuell jedoch im Hals- oder Kehlkopfbereich eine Verletzung mit nicht absehbaren Folgen hervorrufen.

„Lassen Sie das, Lauer", versuchte Robert Markowitsch Oliver Lauer von seinem Vorhaben anzuhalten.

„Damit machen Sie nichts ungeschehen."

Mit weit aufgerissenen Augen stierte der Nördlinger Touristikleiter in sekundenschnellem Wechsel auf Peter Neumann und Robert Markowitsch sowie auf deren mit entsetztem Blick im Eingang stehenden Begleiter.

Als er Martin Steger entdeckte, schien urplötzlich Ruhe in seine gehetzten Augen zu kommen.

„Sie werden noch an mich denken, Steger", sprach er mit krächzender Stimme.

„Irgendjemand wird mein geplantes Vorhaben in die Tat umsetzen.

Wenn danach die Stadt von Touristen überschwemmt wird, werden Sie erkennen, dass ich recht hatte."

„Sie sind ja vollkommen verrückt, Lauer", wollte der Nördlinger OB gerade antworten, als die Männer allesamt mit ansehen mussten, wie Oliver Lauer seine Hände aus der um seinen Hals liegenden Schlinge nahm und sich selbst den Stuhl unter den Füßen wegstieß.

Genau auf diesen Moment hatte sich Peter Neumann in den letzten Sekunden konzentriert.

Als er die Fußbewegung Oliver Lauers wahrnahm, drückte er ab und hoffte dabei inständig, dass die Kugel ihr Ziel nicht verfehlen würde.

Die Männer im Eingangsbereich erschraken bei diesem nicht wirklich erwarteten Schuss von Peter Neumann ebenso wie Robert Markowitsch.

Ungläubig erkannten sie im nächsten Augenblick, wie Oliver Lauer mit der Schlinge um den Hals vom Stuhl fiel, das Seil seinen Fall jedoch nicht bremste.

Innerhalb von Sekundenbruchteilen war Oliver Lauer von Peter Wagner, Gerd Schuhmann und den beiden Augsburger Kriminalbeamten umringt.

Lediglich Martin Steger und Frank Berger standen regungslos, fast wie angewurzelt an ihrem Platz.

„Guter Schuss, gratuliere", sagte Markowitsch aufatmend zu Peter Neumann, während Oliver Lauer ein Kunststoffarmband um seine Handgelenke angelegt bekam.

Der Hauptkommissar betrachtete sich den schwer atmenden Mann, dessen Gesichtsausdruck wie verstört schien.

Er wollte zu einer Frage ansetzen, als plötzlich Martin Steger neben ihm stand.

„Warum, Herr Lauer? Ich verstehe Sie nicht. Warum mussten Sie für diese idiotische Idee drei Menschen umbringen?"

Es dauerte fast eine Minute, bis sich Oliver Lauer scheinbar etwas gefasst hatte.

„Können Sie sich das nicht denken, Steger?", fragte er mit ungewöhnlich ruhiger Stimme.

„Die Karrer war zunächst vollkommen auf meiner Seite, einmal etwas, wenn auch riskantes Neues, Außergewöhnliches zu versuchen.

Ich konnte sie von meinem Vorschlag bis zu dem Moment überzeugen, als dieser Afrikaner bei uns auftauchte und ihr einredete, dass er einen rechtmäßigen Anspruch auf die Sachen Akebes hatte.

Es gab eine kleine Auseinandersetzung, wobei sich Frau Karrer letztendlich dazu entschloss, die Sache abzublasen und das ganze Zeug an Frau Akebe zurück zu geben.

Die beiden haben sich daraufhin gestritten, denn er wollte dieses komische Schwert einfach mitnehmen.

Als ich dazwischen ging, ist er abgehauen, hat uns beiden aber gedroht."

Oliver Lauer legte eine kurze Pause ein, schüttelte dabei immer wieder den Kopf.

„Als ich sie beruhigen wollte, schrie sie mir ins Gesicht, dass sie es durchaus ernst gemeint hätte, meinen Vorschlag fallen zu lassen, diese dumme Kuh", lachte er hämisch.

Er sah den Beamten nacheinander ins Gesicht.

„Den Rest können Sie sich ja denken."

„Den haben wir gesehen, Lauer", meinte Robert Markowitsch.

„Aber zwei Dinge würde ich gerne noch von Ihnen wissen.

Zum einen: Weshalb musste auch noch Christine Akebe sterben, und zum anderen:

Warum diese bestialische Art und Weise?"

„Ganz einfach", sprach Oliver Lauer nun wieder etwas gehetzter weiter.

„Sie hat diesen Afrikaner zu mir geschickt, nachdem er bei ihr aufgetaucht war und ihr scheinbar Angst gemacht hatte.

Der hat sich im Rathaus nach meiner Adresse erkundigt und stand plötzlich vor meiner Haustür.

Ich habe noch versucht, ihm einen Vorschlag zu machen.

Jedoch war er überhaupt nicht bereit, mir irgendwie entgegen zu kommen.

Er drohte mir sogar damit, dass Christine Akebe von seinem Besuch bei mir wisse und möglicherweise die Gegenstände zurückfordern würde.

Da war es für mich doch ganz klar, dass ich dies nicht zulassen konnte.

Ein Glas mit seinen Spuren in ihrer Wohnung zu hinterlassen, war keine Kunst."

Wieder unterbrach Oliver Lauer seine Erklärung.

„Weiter", forderte Markowitsch. „Was passierte dann?"

Oliver Lauer lachte, schien nun wie von Sinnen.

„Dieser Idiot hat doch tatsächlich geglaubt, dass er mir dieses Schwert einfach abnehmen und damit verschwinden könnte.

Er hat mir sogar einen offiziellen Antrag über eine Ausfuhrgenehmigung vorgelegt.

Als ich ihm erklärte, dass dieser noch nicht genehmigt und damit nur ein wertloser Fetzen Papier sei, ist er ausgerastet und auf mich losgegangen.

Ich habe mich lediglich gewehrt. Seinen Tod können Sie mir nicht als Mord anhängen.

Und um eine Antwort auf Ihre zweite Frage zu bekommen, brauchen Sie sich doch nur einmal hier im Raum umzusehen."

Oliver Lauer drehte sich, noch immer am Boden sitzend um, und deutete mit seinem Kinn nach oben auf die Schautafeln mit den Erklärungen zum Strafvollzug aus der Nördlinger Vergangenheit.

Der Glanz in seinen Augen verlieh ihm in diesem Moment beinahe den Blick eines Besessenen.

„Lesen Sie doch selbst", lachte er mit seltsamem Unterton.

„Schon seit Urzeiten wurde in Nördlingen geköpft, gehängt, gerädert oder verbrannt.

Die Fortführung dieses historischen Strafvollzugs in die heutige Zeit wäre die perfekte Grundlage für eine Ausstellung gewesen."

Der Augsburger Oberstaatsanwalt Frank Berger, der die Sätze Oliver Lauers mit wachsender Gänsehaut verfolgt hatte, mischt sich nun ein.

„Es wird auch ohne eine dritte Mordanklage dafür reichen, Herr Lauer, dass Sie für lange Zeit, wenn nicht sogar für den Rest ihres Lebens hinter Gitter wandern."

Peter Neumann und der Nördlinger Polizeiobermeister Peter Wagner halfen Oliver Lauer beim Aufstehen.

„Abführen", hört er Frank Berger sagen.

Als er von den beiden Beamten aus dem Raum nach unten geführt wurde, stoppte ihn der Nördlinger Oberbürgermeister noch einmal am Ende der Treppe.

„Vielleicht wird ihr Traum von dieser Ausstellung eines Tages wirklich noch wahr werden, Lauer", sprach Martin Steger ruhig.

„Allerdings werden Sie dabei, anders als von Ihnen gedacht, die Rolle des abschreckenden Beispiels führen, wie tief ein Mensch in seinem Hass und in seiner Gier nach Anerkennung und Macht sinken kann.

Sie werden als Henker von Nördlingen in eines der traurigsten Kapitel dieser Stadt eingehen."

ENDE

208 Seiten   12,90 €
ISBN-13:   978-3837095012

208 Seiten   12,90 €
ISBN-13:   978-3837054163

204 Seiten   12,50 €
ISBN-13:   978-3848225644

204 Seiten   12,50 €
ISBN-13:   978-3732285112

136 Seiten   8,90 €
ISBN-13:   978-3842384118

160 Seiten   9,90 €
ISBN-13:   978-3831149100